搜神異寶錄
懸疑考古探險搜神小說
之3 萬古神石
婺源霸刀 著

目錄

楔子

歷代的歷史學家們，對於發生在馬嵬坡上那宗公案，
一直執懷疑態度，更多的人認為，楊貴妃其實並沒有死，
而是流落民間，或者遠遁去了日本。
日本山口縣「楊貴妃之鄉」建有楊貴妃墓，
就是不爭的事實。

西元一九四〇年，庚辰年。

五月底。

北京大學重慶沙坪壩校區一個簡陋的教職工宿舍內。

這間不到二十平米的小房間內，光書架就擺了三個，占去了一半的空間。書架上全是書，摞得整整齊齊的。靠窗的地方擺著一張小桌子，桌子上放著一些書，還有幾本講義和一盞檯燈。檯燈的下面放著兩瓶藥，一盒帶著蘭花香味的雪花膏。

桌子的旁邊是一張單人床，床上疊著碎花小被褥，床單乾淨而整潔。在床尾那頭，有一個木架子，架子上放著一個洋瓷洗臉盆，臉盆上方的木架橫杠上，掛著兩條洗得發白的毛巾。

屋子的主人叫廖清，北大考古系教授。此刻，她就坐在床沿，微弱的燈光照著她那清秀和消瘦的臉龐，在白色的牆壁上投下一道纖細的身影。

穿著藍色長袍的苗君儒坐在廖清對面的椅子上，黝黑的臉龐和那一道道深如溝壑的皺紋，是多年的野外考古生涯在他臉上刻下的歲月傷痕。尤其腳上那雙幾乎透底的破布鞋，使他這副尊榮平添了幾許落寞和窘困，與赫赫有名的北大教授毫不掛鉤，略一看上去，與一個鄉下老農一般無異。但他那充滿睿智的眼神，卻令人不敢小覷。

一個月前，他從外地回到學校，被守衛門口的校警攔住，差點不讓他進校門，幸有學生認出是他，才解了圍。

他的手裏拿著一件東西，帶著一臉的興奮，在燈光下仔細地端詳著。就像一個拿著新玩具的孩子，愛不釋手。

廖清咳了兩聲，說道：「你看過的東西，還用得著給我看嗎？」

苗君儒笑道：「只是拿來給你欣賞！」

半個月前，他在重慶一家叫做「萬古齋」的古董店中，看見了這件玉質的蟠龍帶扣，從那花紋和色澤上，認出是唐代的真品，並非明清兩代的高仿品。「萬古齋」的藤老闆為人豪爽，喜歡結交朋友，和他有兩年多的交情，也算是老朋友了。藤老闆除了經營古董店外，還有一個嗜好，就是喜歡下棋。知道他是棋藝高手，經常泡好上等香茗，約他前去對弈。兩人有時候對弈一整天，輸輸贏贏，難以分出勝負。藤老闆還調侃說，終有一天會和他一決高下，他只當是棋友之間的一句玩笑話，並未往心裏去。

藤老闆在古董的鑒定方面也算是個行家，但在他的面前，自認還是個半吊子。所以見他認出蟠龍帶扣的真偽之後，忙又從內宅拿出幾樣東西來，求他幫忙看看。

那幾樣東西裏面，有一樣東西引起了苗君儒的注意，那是一塊上寬下窄的白玉朝笏，他拿起朝笏仔細觀看，見右下角有大常卿兼戶部侍郎楊暄的字樣，字跡雖然模糊，卻隱約能看得清。

他微微一驚，大常卿兼戶部侍郎楊暄，在歷史上只有一個人，那就是唐玄宗時期宰相楊國忠的兒子。據歷史記載，當年安史之亂時，叛軍攻陷潼關，長安危在旦夕，唐玄宗聽從楊國忠的建議，決定逃往四川避難。當走到馬嵬驛（今陝西興平縣）時，將士們又累又餓，加之天氣炎熱，拒絕繼續前進。此時，楊國忠的政敵——當朝太子李亨、宦官李輔國和陳玄禮借機發難，鼓動兵變，殺了楊國忠以下楊氏一門六十餘人，連唐玄宗身邊的楊貴妃也未能倖免於難，被勒死在驛館佛堂前的梨樹下，死時年僅三十八歲。

令大詩人李白一口氣寫下三首《清平調》，擁有曠世姿容的一代美人，就這樣香消玉殞了。

歷史的車輪過去了一千多年，當年在馬嵬坡被殺的權貴，也早已經化為了塵土。歷代的歷史學家們，對於發生在馬嵬坡上那宗公案，一直執懷疑態度，更多的人認為，楊貴妃其實並沒有死，而是流落民間，或者遠遁去了日本。日本山口縣「楊貴妃之鄉」建有楊貴妃墓，就是不爭的事實。當然類似的說法太多，誰也無從去考證。

楊貴妃之死成為歷史之謎，但是對於楊國忠父子的死，歷史學家們都是一致認定那個說法。有人說，迫於當時形勢，唐玄宗將楊氏一門合葬在一起，安史之亂結束後，著人另闢寶地，以王禮葬之。

楊國忠父子的最後歸宿究竟在哪裏，也成了歷史之謎。

苗君儒從藤老闆那裏得知，這塊朝笏是從一夥神秘人的手中買下來的，至於朝笏是怎麼來的，就不得而知了。藤老闆還說，聽那夥人的口音，好像是川西那邊的人。那夥人賣了好幾樣東西，拿上錢就急急忙忙走了。臨走的時候，還留下一個地址，放下話說，想要好東西，就帶錢去那裏找他們。

藤老闆拿來那張紙條，見上面歪歪斜斜地寫著：陝西興平七里鎮，楊老槐。貨是好貨，只可惜時下正值國共兩軍在那地方和日本人打仗，藤老闆就是有再大的膽子，也不敢帶錢去那種地方買東西。

苗君儒看了一下那張字條上的地址，他以前去過那地方，距離楊貴妃香消玉殞的馬嵬坡並不遠。

在唐代，朝笏一般都是貼身攜帶的，也許楊國忠的墓葬，就在馬嵬坡附近。那夥人在那地方挖到楊暄的墓葬，才出來這樣的好東西。

離開那家古董店時，藤老闆告訴苗君儒，那夥人看上去不像善類，如果真要去找的話，千萬注意點。

廖清問道：「你真的要去？」

苗君儒說道：「你知道我的性格，一旦決定了就義無反顧。」他像想起了什麼似的，接著問道：「你的病好些沒有？」

廖清的眼中掠過一抹憂傷，苦笑了一下，說道：「你從進門開始，一直都在說你得到的這件東西，現在終於想起我的病了！」

苗君儒滿含歉意地說道：「我……我真的不是……」

廖清打斷了苗君儒的話，說道：「沒事，我會照顧自己的。你放心吧！這病也不是一兩天了，從徽州婺源回來，就這樣，吃了不少藥，總不見好呢！」

苗君儒問道：「雪梅呢？怎麼沒有見到她？」

廖清淡淡地說道：「她住學生宿舍呢，你經常出外考古，也不知道關心一下她。這孩子，去年蔣委員長號召全國知識青年積極從軍時候，死活都要去參軍，是我強行不讓她去，為這事，她好幾天都沒理我呢！前些天居然和我談起馬克思和什麼共產主義思想來，一套一套的，講得還蠻有道理。如今的年輕人，比我們那時差遠了，不專心學業，對政治倒是很上心。」

苗君儒微笑道：「我們剛進北大的時候，還不跟著高年級的同學一起參加了『五四運動』火燒趙家樓？她都大了，有自己的思想，你也無須操心太多，多關心自己的身體才是。」

廖清點了點頭，問道：「你打算什麼時候動身？」

苗君儒說道：「到處都在打戰，出行也不容易，儘量少帶人。如果籌集到了經費，我想這幾天就動身！你早點休息吧，我走了！」

他說完轉身走了出去。廖清起身站在門口，看著苗君儒那偉岸的身影，一種莫名的情感驀地湧上心頭，兩行清淚順著臉頰無聲地流了下來。

第一章

神秘的女人

女子微弱地呻吟了一下。
苗君儒顧不了那麼多，上前將對方扶坐起來。
只見這女子大約二十多歲的樣子，長得很清秀，
濕透的衣服緊裹在身上，曲線畢現，
額頭上有一處青紫，褲管上有一大塊血跡。

一個多月後，七月十四日。

陝西興平縣某山溝。此處距離馬嵬坡不遠。

入夜，大雨如注，閃電一個接著一個，隱約照見山溝內走動的一隊人影。

「苗教授，走不過去了！」一個聲音從最前面傳來：「要不我們還是先找一個地方避雨吧？」

這荒山野嶺間，連個破草屋都沒有，怎麼避雨？雖說大樹下可以暫時避一避，但終究不是辦法，若這麼多人擠在大樹下，恐被雷電擊中。

走在隊尾的苗君儒摸了一把臉上的雨水，大聲道：「再往前走幾里路，那裏有一個山洞，我們今晚就在那個山洞裏過夜！」

半個月前，苗君儒得到古董店藤老闆的資助，組成一支考古隊，踏上了前往陝西興平的道路。只注重於學術研究的他們，對國內如火如荼的抗日戰爭並不感興趣，一路上，他們不知道避過多少兇險，和他們擦肩而過的部隊，有國軍、有八路，也有日本鬼子和劫道的土匪。

在他們面前的是一條山洪形成的小溪，從上游沖下來的激流，混雜著泥沙，看得人心驚膽戰。苗君儒站在溪邊，用手裏的木棍探了探深淺。這雨剛下不久，溪水還沒完全漲起來，若不及時過去，等到溪水暴漲時，就無法過去了。他們所處的地方是個大斜坡，腳下都是鬆軟的黃土。這種地方極易在山洪的沖刷下發生泥石流，一旦情況有變，後果不堪設想。

他果斷地揮了一下手，喊道：「大家不要慌，手牽著手，緊跟著我過去！」幾個人手牽著手，冒著生命危險，勉強涉水過去。走到小溪中間時，眼見得溪水一個勁的往上漲，剛剛才過腰際，一下子就齊胸了。有兩個人的腳下開始打顫，臉色頓時發白。

苗君儒吼道：「不要停，快點！」

在他的鼓勵下，幾個人好不容易上了對岸。回頭看時，見上游沖下幾根粗大的爛木頭，溪水暴漲起來。

苗君儒暗自慶幸，倘若再遲疑個一兩分鐘，就過不來了，他繼續大聲喊：「快走，快走，不要停！」

在這種地方，多停留一分鐘，就多一分兇險。

苗君儒從藤老闆身上拿過背包，背在自己的肩膀上，還扶著藤老闆走了一段路。這段路滿是泥濘，走起路來腳底打滑，稍有不慎就有滑入溝底的危險。走在隊伍最後面的那兩個學生，身上背著厚重的行囊，彎著腰爬在地上，幾乎是一步一步往前挪著走的。

藤老闆在資助了兩千大洋的考古費用後，一定要跟著來，說是陪同世界一流的考古學家出外考古，可以多長長見識。苗君儒明白他的意思，生意人無利不圖，無非想借這次考古，多發現些好東西。一個養尊處優的人，跟著大家受這麼大的罪，可真難為他了。

受時局的影響，北大自遷到重慶之後，教育經費一直嚴重不足。考古系其他一些教授在外出考古時，也是想辦法向社會籌集資金。一旦有了考古發現，可將一些不重要的古董回贈給投資人，作為投資的回報，這是沒有辦法的辦法。學校也都睜一隻眼閉一隻眼，任由這種方式的存在。

走了一兩里地後，前面開闊了起來，苗君儒逐漸放下心來。他是這支考古隊的隊長，有責任保證每個人的生命安全。

雨還在下，似乎要小了一些。

「有個山洞能夠躲雨就好了！」藤老闆低聲咕嚕著，摘下頭上的瓜皮帽，用手抹了一把只剩下幾根頭髮的禿頭。

走在他身後的，是他店裏的夥計詹林明，這個身材矮壯的川中漢子，身上背著最重的行囊，一路上很少說話。

「苗教授，前面好像有個山洞。」說話的是苗君儒的學生程大峰。這個二十多歲的大學生來自徽州婺源，學的是國學而並非考古。幾個月前，程大峰拿著一封信找到苗君儒，說是要拜師。

信是西南聯大一個同行教授寫來的，內容很簡單，只說是一個叫程大峰的族弟，想拜苗君儒為師，懇求他收下。

看在那個教授的面子上，苗君儒唯一一次收下了這個考古系以外的學生。一番自我介紹之後，他對這個學生刮目相看，程大峰出身書香門第，自幼熟讀四書五經，有深厚的國學底子，還是徽州武學大師程宗猷後裔，有著很不錯的家傳武術功底，能對付三五個人。

如今世道這麼亂，每次出外考古，都是一次生命的歷險。從民國二十二年開始，在他五次帶隊野外考古的過程中，有六個學生把生命永遠留在了那些崇山峻嶺與荒漠平原中了。

他愧對那一個個年輕的生命，但野外考古，本身就具有一定的危險性。所以他要求跟隨野外考古的學生，要具有一定的自我保護能力。

苗君儒按程大峰所指，朝前面看了看，可惜光線太暗，根本看不清。在他的印象裏，那個山洞應該還在前面。

一道閃電直劈在右前方的一根大樹上，將大樹的主幹劈成兩截，巨大的雷聲震得大家的耳朵嗡嗡作響。誰都不敢再說話，只顧低著頭跟著前面的人走。

苗君儒看清了前面那類似山洞的黑影，是一塊突兀的大岩石。大岩石下面形成一個凹洞，凹洞雖能避雨，但面積太小，容不下這麼多人。

好不容易走到大岩石下面，程大峰用手電筒朝裏面照了一下，卻看到已經有人捷足先登了。

程大峰扭頭對苗君儒道：「苗教授，這個人怎麼了？」

那個人斜躺在角落裏，背朝外面一動也不動。若是一個正常的人，當有陌生人來到面前時，應該警覺地起身，而並非一點反應都沒有。

苗君儒輕聲叫了一句：「老鄉，你沒事吧？」

那個人還是沒有反應。

程大峰問道：「是不是……死……了？」

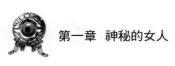

這人儘管穿著一襲黑衣，但從身段和腳下的鞋子判斷，應該是個女人。在這種前不著村後不著店的荒郊野外，殺死個人棄屍在此，不是不可能。

藤老闆罵了一句「晦氣」，朝地上吐了一口唾沫。

就在苗君儒轉身要走的時候，他聽到一聲呻吟。

呻吟聲正是地上躺著的那個人發出的。苗君儒上前幾步，再次問道：「老鄉，你怎麼了？」

這個女子又微弱地呻吟了一下。

苗君儒顧不了那麼多，上前抓住對方左臂，將對方扶坐起來。只見這女子大約二十多歲的樣子，與程雪梅年紀相仿，長得很清秀，濕透的衣服緊裹在身上，曲線畢現，額頭上有一處青紫，褲管上有一大塊血跡。

「姑娘醒醒！」苗君儒一邊呼喚著，一邊用大拇指掐著女子的人中。

程大峰已經擼起女子帶血的褲管，只見女子小腿上有寸許長的傷口，有淡淡的血液流出。

苗君儒臉上那關切的表情慢慢凝固，感覺有一根硬硬的東西頂住他的胸口。懷中的女人睜開了眼睛，眼角浮現一抹得意之色，低聲問道：「你們是幹什麼的？」

苗君儒雖然沒有低頭，但已經猜到那根硬硬的東西，是手槍的槍管，他將女人扶坐起來時，並沒有注意到對方右手中握的手槍。

這女人只需動一動手指頭，就可以讓苗君儒喪命，但是她並沒有那麼做。

苗君儒淡淡地說道：「我們是考古隊！」

女人看了一眼面前的幾個人，說道：「我不相信！」

苗君儒說道：「如果你不相信，就請動手吧！」

他之所以敢這麼說，是因為他看出了女人眼神中的得意與疑惑，而沒有半點殺機。

兩人貼得很近，他能聞到女人身上發出的香味，令他尷尬的是，女人那豐滿的胸部，居然緊挨著他的手臂，一陣陣異樣的氣息從手臂上傳來，使他渾身不自在。自從二十年前與廖清那一夜的溫情之後，他就再也沒有碰過別的女人。

雖然手槍夾在兩人的中間，其他人都看不到，但程大峰已經從他們的對話中猜到苗君儒受制於這個女人，他上前道：「大姐，你腳上受傷了，得趕快止血才行！」

他只想分散這女人的注意力，而後伺機幫苗君儒解困。不料這女人卻說道：「你再往前走一步，我就開槍了！」

程大峰只得站在那裏，說道：「大姐，你別誤會。我們真的是考古隊，扶你起來的這個人是我們的老師。我們不是壞人！」

女人說道：「這年頭沒幾個好人！」

程大峰說道：「我們要是壞人，剛才就不會救你了！」

女人說道：「你以為你們能夠從我身邊走過去麼？你們才六個人，我槍裏有二十發子彈。」

彈容二十發的手槍，又名盒子炮，也稱駁殼槍，也有人稱快慢機或自來得手槍。

苗君儒低聲說道：「她說得不錯，如果我們走過去後，她突然從背後開槍，恐怕我們六個人都會死在這裏！」他頓了頓，接著說道：「姑娘，能否讓我把手移開？」

女人這才意識到兩人隔得這麼近，就像一對親密擁抱的情侶，當下臉色一紅，將身子往邊上挪了挪，但手裏的槍仍頂在苗君儒的胸口。

苗君儒斜靠在石壁上，和顏問道：「你好像在等什麼人吧？」

女人問道：「你怎麼知道？」

苗君儒說道：「你一個帶著槍的單身女人，在這樣的雨夜，出現在這種荒無人煙的地方，如果不是等人，我實在想不出還有別的原因。」

女人問道：「難道我不像從大戶人家逃走的小媳婦？」

苗君儒說道：「從大戶人家逃走的小媳婦，不可能連一個包袱都沒有。」

女人又問道：「假如包袱在路上丟了呢？」

苗君儒反問道：「既然包袱能丟掉，為什麼手槍不丟？」

女人笑道：「手槍用來防身！」

苗君儒也笑道：「即便你丟掉包袱，只留下手槍防身，可照常理推斷，你若真是一個從大戶人家逃走的小媳婦，看到遠處有燈火過來，還能這麼冷靜地躺著嗎？再者，你這身穿著，可與大戶人家的小媳婦毫不沾邊。」他接著說道：「姑娘，你的其他朋友呢？叫他們都現身吧！我們這六個人身上有多少錢，都給你們留下，買條命！」

他剛才說對方在這裏等人，就已經斷定這個女人是劫道的土匪了。

女人聽他這麼一說，咯咯地笑得花枝招展，說道：「你真把我當成土匪了？我真的是從大戶人家逃出來的，不騙你！興平的朱大老爺，你們認識嗎？」

苗君儒說道：「我們都是外地人，你說的朱大老爺，我們並不認識，不管你是不是逃出來的，都與我們無關。姑娘，你渾身上下都濕透了，而且還帶著傷，我們沒有別的意思，只想幫你治傷！」

程大峰從工具包裏拿出一包藥粉，說道：「這是我祖傳的止血粉，很好的。大姐，你若是不相信我，就把槍頂在我的頭上！」

說著，他將藥粉撒在傷口，又拿出一卷紗布，麻利地將傷口包紮好。

女人問道：「你們為什麼要幫我？」

苗君儒問道：「難道你認為幫助每一個人，都要尋找原因嗎？」

女人皺了皺眉頭，又問道：「你們從哪裏來，到哪裏去？」

程大峰說道：「我們從重慶來的，要去興平呢！」

女人繼續問道：「你們要去興平做什麼？」

程大峰說道：「大姐，外面的雨那麼大，你總不能這麼拿著槍，逼著跟別人說話吧。」

除了苗君儒和程大峰之外，其餘的幾個人都站在巨石外面的泥路上淋著雨，走也不是，不走也不是。若不是看到這個女人的手裏有槍，藤老闆早就發飆了。

女人把槍口晃了晃，說道：「其他人可以走了，你們兩個留下。」

苗君儒對藤老闆說道：「前面不遠有個山洞，你們可以在那裏等我！」

女人說道：「前面的山洞裏有死人，不然我用得著躲到這裏來嗎？」

這年頭誰沒有見過死人？他們幾個人從重慶走到這裏，一路上走過剛打完戰的戰場，還有被鬼子掃蕩過的村莊。經他們的手掩埋的屍體，不少於一百具。不要說看到屍體，就是躺在屍堆旁邊睡上一晚，也沒什麼大不了的。

藤老闆沒有說話，朝苗君儒點了一下頭，就冒雨朝前面去了。

等他們走遠了，苗君儒才對著女人說道：「姑娘，為什麼要我們兩個人留下來陪你？」

方才這個女人在與程大峰說話的時候，苗君儒完全有機會出手，以極快的速度奪下女人的槍，但他並沒有那麼做，因為他很想知道，這個女人究竟在等什麼人。

程大峰蹲在一旁，有些無奈地看著岩石外面，握著手電筒晃來晃去，過了片刻，才說道：「大姐，我們都淋濕了，得想辦法燒堆火烤衣服，否則會生病的！」

他有兩次想出手制住這個女人，都被苗君儒用眼神制止。

女人並沒有回答程大峰的話，而是問道：「你們在來的路上，沒有遇到什麼人？」

程大峰說道：「有啊，有國軍和八路軍的遊擊隊，還有土匪和日本鬼子呢！」

女人厲聲道：「別騙我，你們從重慶來，走巴中和漢中吧？日本鬼子連潼關都沒打過來，怎麼可能會遇上呢？」

程大峰說道：「走巴中和漢中肯定碰不到鬼子，你看到剛才那個禿頭的人沒有？人家是做古董生意的，是個大財主，在武漢和上海都有分號。我們原來要坐船到武漢的，可到了宜昌就去不了了，只得從襄陽繞過來。」

按苗君儒最初的路線，確實是要走巴中和漢中，雖然道路崎嶇難走，但在國統區內，要安全得多。可藤老闆偏要坐船下武漢，說是能弄到汽車，走大路方便。船快到宜昌就下不去了，說是在打戰，鬼子跟瘋子一樣，見到從國統區過去的人就殺。他們只得上岸繞路走，就這麼走了一個多月，經歷了無數次凶險，好不容易才熬到西安。藤老闆在西安也有生意上的朋友，叫劉水財，劉老闆的生意做得也不錯，一聽說苗君儒的名字，開心得像天上掉下一個金元寶，從臥室內小心翼翼地拿出幾件鎮宅之物，要苗君儒幫忙鑒定。

除了一件天青釉弦紋三足瓷盤是北宋汝窯真品外，其餘幾件玉器和瓷器，都是贋品。

一行數人在那個老闆家裏住了兩天，就動身繼續西行。劉水財多次向苗君儒和藤老闆打聽他們此行的目的，可藤老闆守口如瓶，什麼都不肯說。

出門在外有很多忌諱，其中之一就是不對別人透露太多的底細。

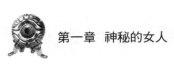

程大峰是個沒有多少社會閱歷的毛頭小夥子，在這女人面前，沒說上幾句，就把自家的老底給翻出來了。苗君儒乾咳了幾聲，可沒能制止他的話頭。

程大峰蹲著吃力，乾脆盤腿坐了下來，巴拉巴拉地說個沒完：「大姐，我看你比我大一兩歲，不如就認我做個弟弟吧。我媽說我前面原來有個姐姐的，三歲的時候生病沒了，我從小看著別人的姐姐牽著弟弟的手走路，就好想要一個姐姐。我說姐姐，你手裏的槍是從人家那裏拿來的嗎？現在到處兵荒馬亂的，有把槍防身確實不錯！姐姐，你真的是從大戶人家逃出來的嗎？我聽說這邊的男人不到十歲，家裏就幫他買個大媳婦。我那姐夫是不是比你小很多？要不帶我們去看看，若是不行，我讓藤老闆出點錢幫你贖身，然後叫苗教授幫你找一個有學識而又高大英俊的，怎麼樣？」

這小子也不管人家答不答應，就叫上姐姐了。苗君儒聽了直想笑，但怕激怒這女人，只得強忍著。他以為女人一定會生氣，孰料她不但不生氣，反而笑瞇瞇地看著程大峰，問道：「你說的是真的？」

程大峰一本正經地說道：「當然是真的，你要是不信，就問苗教授，他是我們北大最有名望的教授，不會騙人的！」

當女人的目光轉向苗君儒的時候，他微微點了一下頭。北大有不少年輕的助教都沒成家，面前這女人長得不錯，說不定還真能促成一樁好事呢！

程大峰繼續說道：「姐姐，到現在我還不知道你叫什麼名字呢。」

女人露出一抹羞澀，說道：「我叫小玉，你呢？」

程大峰嘿嘿笑道：「我叫程大峰，跟著苗教授來這邊考古呢。姐姐，你手裏的槍晃來晃去的，當心走火傷著苗教授，要不，你還是把槍口對著我吧！若是我命短，死在姐姐的手裏，到了閻王爺那裏，也絕對不會告姐姐狀的。」

見程大峰這麼說，這女人倒是有些不好意思起來，當下將槍收了起來，說道：「看在你這麼嘴甜的份上，我收下你這個弟弟了。」

苗君儒不禁佩服程大峰的機智，這麼一套關係，危機已經解除。他想過用幾種方式擺脫這個女人的控制，可都有些顧慮。

程大峰笑道：「姐姐，你真的是在這裏等人的？等什麼人呢？」

小玉笑道：「姐沒騙你，真的是在這裏等人，他說好今天來接我的，可都什麼時候了，一直沒見他的影子。」

程大峰笑道：「我看出來了，原來姐姐是為了他，才逃出來的。他是哪裏人，要不我們送你過去？」

小玉笑道：「我和他只見過兩次面，還不知道他叫什麼名字，更別說是哪裏人了！」

程大峰的嘴巴有些誇張地張開，笑道：「哦，我明白了！」

看著小玉那副嬌羞的模樣，苗君儒說道：「我們這一路過來，真的沒有遇上別的人。那個來接你的人，是不是有什麼事來不了了？要不我們在這裏留個字

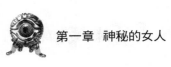

條，另外找個地方歇息，你看如何？」

小玉想了一下，說道：「前面的山洞裏有死人，讓他們在那裏過夜，我們往山上走，上面有一個打獵人住的山棚，裏面有乾柴，可以生火！」

程大峰將電筒朝外面照了照，說道：「苗教授，雨小了！」

電筒的光線照著外面的雨絲，確實小了許多。

小玉掙扎著站起來，程大峰的家傳傷藥果然不錯，傷處已不甚疼痛。她用石塊在洞壁上劃了幾個像字卻不是字的符號，轉身出了凹洞，冒雨往左側的山上走去。程大峰隨即跟了上去。

左側的山上有一條「之」字形的崎嶇山路，由於山勢比較平緩，所以山路並不十分難走。倒是因為下雨的緣故，腳下還是有點滑。

小玉走了一段路，回頭道：「我還以為你們不敢跟來呢！」

程大峰叫道：「有什麼不敢，你既然認下了我這個弟弟，難道姐姐還會害弟弟不成？」

小玉咯咯地笑了幾聲，繼續往上走。苗君儒本不想往山上去，可擔心程大峰一個人跟著去，會出什麼意外。到現在為止，除了知道這女人叫小玉外，其他的一無所知。當這個謎一樣的女人在洞壁上劃下那幾個符號之後，他的心猛地一凜，那分明是川西關中一帶土匪之間的聯絡信號，不同的土匪之間，聯絡信號都不一樣，只有他們自己人才看得明白。

由此可見，這個女人絕對非同一般。或許像他先前猜測的那樣，是土匪婆子，專門在這賭道劫財的。可奇怪的是，她並沒有劫財。難道她沒有其他同夥，怕對付不了這麼多人，而沒有下手？那也不像呀！憑她手裏的那支槍，對付他們這幾個手無寸鐵的人，是不在話下的。

一邊走，苗君儒一邊尋思著，這個叫小玉的女人，究竟是什麼人呢？

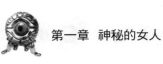

在山區，一般山上都有那種茅草和樹枝搭成的簡易山棚，為的是方便那些在山上種地的人們，夜晚回不了家，有處歇息的地方。也有是獵人搭建的，出門打獵幾天不回去，就住在山裏的山棚裏。

山棚裏一般都放著柴火，還有一些吃的東西。山裏有一條不成文的規定，用了無主的東西，是要還回去的，這輩子不還，下輩子變牛變馬，加倍償還。所以在山棚中過夜的人們，在用了山棚裏的東西之後，一般都會在下次帶來一些東西補上，以方便別人。

小玉的步伐矯健，像是一個習慣爬山越嶺的人。雨仍在下，山道上雖不是伸手不見五指，但也很難看清腳下的路。她走在最前面，和後面的兩個人隔開一段距離，走上一陣，停下來站在路邊，等著他們。看樣子，她對這條路很熟悉，好像閉著眼睛都能走。

程大峰背著幾十斤重的行囊，幾次腳下打滑，差點滾下山，好在他有武術功底，及時抓住路旁的小樹枝條，穩住身子。饒是如此，他走得還是非常吃力。他手裏的電筒既要照自己面前的路，也要幫著後面的苗君儒。

好不容易走上一道山梁，他斜靠在一棵樹上大口大口地喘著氣，望著面前等他的小玉，問道：「姐姐，還要走多久呀？我都走不動了！」

小玉笑道：「你們出外考古的，就這點能耐呀？」

程大峰不服氣地說道：「我從中午開始就沒吃東西，背著這些東西一連走了幾十里地，肚子餓得嘰哩咕嚕，換作是你，你行嗎？」

小玉笑道：「你一個大男人，怎麼和我女人相比？」

苗君儒走了上來，問道：「姑娘，還要走多遠？」

小玉說道：「不遠了，就在前面的山坳裏！」

苗君儒坐在路邊的一塊半弧形石頭上，右手隨意搭放在石頭的側面，觸手的地方有些凹凸不平，職業的敏感使他似乎有所發現，呼叫程大峰將手電筒拿過來看。

在電筒的光線下，苗君儒看清石頭的樣子。是一塊大半截埋入土中的石碑，露出地面的弧形部分是碑頂，約莫五十公分，剛好讓經過山梁的人坐著歇息。碑面兩側是兩條龍騰雲紋，中間有三個大字，興許是年代久遠的緣故，碑面上的石紋受到雨水的沖蝕，其中兩個已經模糊不清，倒是頭一個字能看清楚，是一個「敕」字。

程大峰說道：「苗教授，這塊石碑不簡單哦，還是皇帝下令的呢！」

苗君儒問道：「姑娘，這嶺上原來有廟宇或者牌坊什麼的吧？」

小玉說道：「我不是這邊的人，怎麼知道？」

苗君儒說道：「可是姑娘對這條路卻很熟呢！」

小玉說道：「我前些日子經常走這條路，所以熟！」

苗君儒問道：「這條路通往哪裏？」

小玉說道：「這是從興平往戶縣的一條小道，很少有人走的！」

苗君儒問道：「你說前些日子經常走這條路，可之前卻說剛剛從興平的朱大老爺家逃出來，姑娘，能告訴我到底是怎麼回事嗎？」

小玉的臉色微微一變，說道：「對不起，我現在不能告訴你。如果你不願意跟我走，就請你回去！」

苗君儒冷冷地看了小玉一眼，正要轉身下山，卻聽小玉繼續說道：「我聽說西安城裏萬福齋的劉老闆家裏出了事，不知道你們聽到沒有？」

苗君儒暗自一驚，劉水財確實是萬福齋的老闆，昨天上午一行人離開西安時，沒聽劉老闆家出了什麼事呢。眼前這個女人說出這樣的話，擺明了知道他們的底細，專門在山下等他們的。他本能地後退了幾步，厲聲問道：「你究竟是什麼人？」

小玉拍了一下插在腰裏的手槍，說道：「跟我走，你就知道我是什麼人了！」

苗君儒問道：「如果我們不跟你走呢？」

小玉說道：「你別把我的好心當成驢肝肺，我這是在幫你們。」

苗君儒說道：「你我素未相識，為什麼要幫我？」

小玉笑道：「堂堂的教授，居然說出這樣的話來，還記得在那塊大石頭下面，我問過你的話嗎？」

苗君儒的臉色一漾，想不到這女人的嘴巴如此刁鑽。好男不跟女鬥，當下強忍著心底的火氣，低聲說道：「姑娘，我不管你是什麼人，也不再問你為什麼要幫我們，我只想知道，萬福齋劉老闆家究竟出了什麼事？」

小玉說道：「這裏不是說話的地方，請跟我來吧！」

說完之後，她轉身就走。

程大峰看著小玉的背影，說道：「苗教授，我們還跟著去嗎？」

苗君儒點了點頭，既然這女人沒有惡意，跟著去又何妨？

下了山梁，走了一段較為平緩的山路，來到一處山坳中，走在前面的小玉回身說道：「到了！」

苗君儒二人跟著小玉上了幾級台階，看到一大一小兩間石頭壘成的小房子。

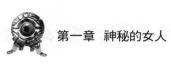

這哪裏是打獵人住的簡易山棚，分明是住在山上的一戶人家。

小玉推門走了進去，不一會兒，裏面就亮起了燈光。

既來之則安之，苗君儒在門口站了一兩分鐘，坦然走了進去。

屋內的擺設很簡陋，一張小桌子和一個木櫃，櫃子上放著一些青花碗碟和陶罐等家什，還有幾張凳子。小玉的身後有一扇通向裏間的門，門上掛著布簾子，門邊的牆上掛著一杆老筒獵槍和一副弓弩。屋子中間有一個火塘，門邊放著一小垛乾柴。

小玉望著苗君儒，說道：「你們不用客氣，屋裏的東西儘管使用。」

她說完後，轉身掀開布簾子，進到裏面去了。

程大峰把背上的行囊放下後，拖過一張凳子一屁股坐下。連聲道：「苗教授，我實在走不動了！」

苗君儒笑了一下，默默地生起火，朝裏面說道：「姑娘，我們在換衣服，請不要出來！」

行囊是防雨的，裏面的衣服沒有濕，兩人換上乾衣服，將濕衣服搭在火塘邊的凳子上烤著。

剛忙完，布簾子一掀，只見小玉已經換上一身乾淨的碎花短褂，端著兩碗熱騰騰的麵出來，放在桌子上，淡淡地說道：「吃吧！」

苗君儒問道：「姑娘，你住在這裏的吧？」

小玉沒有回答苗君儒的話，而是說道：「放心吃吧，麵裏沒毒！」

苗君儒還沒來得及說話，程大峰就上前端起了麵碗，呼啦呼啦地吃得不亦樂乎，沒兩下，一碗麵就吃光了，他抹了抹嘴，問道：「姐姐，還有嗎？」

小玉微笑著搖了搖頭。轉身進屋，拿了一卷顏色發黃的竹片子出來，放在桌子上，說道：「苗教授，麻煩你看看這件東西！」

苗君儒輕輕打開，用手仔細摸著竹片，又用放大鏡仔細端詳，看清了竹簡上的文字，眉毛逐漸擰成一塊，眼神變得很凝重，連呼吸都幾乎停滯了，他越看心中越驚：這雕刻文字的刀工和手法，還有竹片的紋理，以他的經驗判斷，這卷竹簡最少有兩千年以上，竹簡上的古隸文字，是李斯在小篆的基礎上修改而成的，到了漢代之後，又有了新的改變。所以秦朝的隸書被稱為古隸，漢代的隸書稱為漢隸，也稱「今隸」。

歷經兩千多年的戰火洗禮和風雨侵蝕，古隸竹簡已經消逝在漫長的歲月長河之中，當世無存，人們只能從典籍上去想像和研究。由於古隸與小篆相似，若不是專業人士，認識的人並不多。當今世上，恐怕再也找不出第二件這麼珍貴的東西了。

這卷竹簡歷經兩千多年，居然沒有半點損壞，連上面的文字都清晰可辨，不能不說是奇蹟。

苗君儒抬頭望著這個謎一樣的女人，正要說話，只聽得外面傳來急促的腳步聲，一個渾身泥濘的男人推門衝了進來，叫道：「嫂子，出事了！」

第二章

皇家之秘

小玉指著竹簡上的古隸文字，說道：
「和氏璧最大的秘密，就是能讓死人永遠不死。」
馬長風問道：「什麼是永遠不死？」
小玉說道：「就是將和氏璧放在剛死去的人身上，
屍體不但永遠不腐，還能有活過來的機會。」

幾個小時前，那時的大雨還沒開始下。

在距離苗君儒所處的山棚不遠的一條山谷內，二十幾個當地人打扮的人，在山谷裏走走停停，其中一個人的手上，托著一個羅盤。

其實他們是一夥嘯聚山林的土匪。為首的叫馬長風，江湖人稱馬鷂子。其餘是他手下生死與共的兄弟。生逢亂世，他們為了生存和生活，無可奈何的聚在了一起。土匪的日子也不好過，不但要對付官兵，而且還要應付同行。

他們原來在川康一帶討生活，可那種貧瘠的地方，實在無法生存下去。馬長風聽說陝西的地下到處是寶貝，於是帶著兄弟們一起來到陝西尋寶，幹起吃盜墓的營生。同樣活躍在陝西幹這種營生的人馬有好幾支，有時也會發生衝突。

在陝西的地下，有很多帝王將相的墓葬。盜墓必須講究技巧，根據山川地形的走向，判定墓穴的正確位置，找準墓穴最薄弱的地方下手，才能事半功倍。如果不懂風水，不懂墓葬的結構，就算知道墓葬所在，也無法下手挖掘。

手托羅盤的人是馬長風的手下，羅強，盜墓發財的主意正是他出的，可惜他是個半吊子的風水先生。一幫兄弟跑到唐太宗李世民昭陵去亂挖，東西沒有挖到，還驚動了駐紮在附近的官兵，被官兵攆了兩個晚上，白白死了幾個弟兄。

面對兄弟們的憤怒，羅強總算找到一座大墓和幾座小古墓，可惜小古墓都被前人盜過，挖出的東西也不太值錢。但是大古墓裏，卻挖出來不少好東西。有的東西雖然不值錢，但好歹有了不小的收穫，也給失望的兄弟們帶來了希望。所有的人都表示，要幹一票大的，否則就太對不起自己了。

幸運之神終於降臨到他們的頭上，那是幾個月前，馬長風帶著手下的兄弟經過一個山頭，聽到前面傳來槍聲，他們以為遭了同行的「道」，拔出槍正要拚死抵抗，哪知一個老男人出現在他們的視野中。那個老男人跑到他們的面前時，一頭栽倒在地。後面出現幾十個穿著黃色軍裝的軍人，看樣子是當地的保安隊。

為首一個軍官模樣的人，正揮舞著手槍，命令手下的人往前追。

倒在地上的那個老男人，看到躲在草叢中的馬長風，說道：「救我！」

這個老男人爬過的地方滿是血跡，顯是受傷不輕。眼看保安隊越來越近，都能看清他們長的模樣了。老男人對馬長風道：「他們……想搶走我的這卷……天書……找到……楊……墓葬……發財……」

一聽到墓葬和發財這幾個字，馬長風跳了起來，甩手一槍將那個軍官打倒。他的槍響就是命令，其他的人紛紛開槍，那些保安隊丟下幾具屍首，倉皇退去。

馬長風跳出草叢，來到那個男人面前，只見這個男人的上腹中了兩槍，血流如注，眼看活不了多久，當下問道：「他們為什麼追你？」

這個男人從衣服內拿出一個帶血的小包裹，遞給馬長風，斷斷續續地說道：「小玉……在……在……去找她……告訴她……」

他說出一個城內的地址後，就咽氣了。

馬長風打開那包裹，見包裹裏有兩三件舊衣服，一枚斷裂的玉簪，一塊上寬下窄，上面刻著文字的弧形白玉，還有一卷發黃的竹片和幾張中央銀行的存單。

羅強看著那存單上的數字，笑道：「呵呵，我們要發財了！」而當他看清了那卷竹片上的古代隸書書名時，驚道：「是古代的奇書《天玉方略》，我們發大財了！」

馬長風問道：「《天玉方略》是什麼書？」

羅強說道：「這可是一部集風水堪輿和屋宅墓葬的奇書，乃秦朝相國李斯所著，唐代的國師楊筠松就是根據這部《天玉方略》，才寫出了風水堪輿的《天玉經》。這卷竹片，現在最起碼值一萬大洋呢！」

保安隊雖暫時退去，可用不了多久就會叫來更多的人。馬長風說道：「此地不宜久留，走！」

他們背著那個男人的屍體走了幾座山頭，選了一處向陽的地方，挖個坑將這個男人埋葬了。在江湖上混的，都講江湖道義，得了別人的東西，總得有所表示，不能讓人曝屍荒野，也算是盡一點心意，對死者有個交代。

羅強說道：「大哥，要不我們先去西安，把存單上的錢提出來。兄弟們來這邊好些日子了，還沒好好享受一下呢！」

馬長風皺起眉頭，朝地上的墳頭拜了幾拜，說道：「兄弟們幾個混跡江湖，都是在刀口上討營生的，咱別的不說，義字當頭。放心吧，既然答應了你的事情，立馬就去辦！」

說完，馬長風收拾好那個包裹，斜紮在腰間，又扯了一大捆雜草鋪在墳頭上，左右端詳了一下，才對身邊的兄弟們說道：「不仔細看，還真看不出這是個新墳，走吧，我們去趟城裏。我可把話說在前面，這次不是去喝酒逛窯子，而是去找一個叫小玉的女人。」

羅強問道：「大哥，找到那個女人之後，你打算怎麼辦？」

馬長風說道：「東西是人家的，自然還給人家！」

羅強的眼中掠過一絲不悅，卻沒有再說話。

一行人順著一條小路在山上轉了半天，來到一座小廟裏，馬長風換了衣服，只隨身帶了短槍，要其他人在這裏等，只帶了羅強和狗溜子兩人。傍晚時分，他們三人進了興平城。

自抗戰以來，蔣介石依照各省不同的戰略形勢，攻劃分出了十個戰區，西安分屬第十戰區，最高行政長官是蔣鼎文。蔣鼎文是名職業軍人，早年畢業於浙江陸軍講武學堂。曾參加討伐陳炯明、北伐戰爭、蔣桂戰爭、蔣馮閻戰爭，第三、第五次對中共「圍剿」，並參與過鎮壓福建事變。他在作戰方面確實有些天才，被譽為「飛將軍」，成為蔣介石的「五虎上將」之一。但此人治下無方，屬下的軍隊長官，大多是些酒囊飯袋。打打內戰，對付紅軍還行，可一上抗日戰場就成了軟蛋。

駐紮在興平城內的是二一三師，師長叫余力柱。此人跟隨蔣鼎文多年，從一個小副班，爬到現在位置，經歷過不少大戰。抗戰初期，在河北與日軍一接觸，剛打上幾槍，部隊就散了。一個師的人，跑得剩下不到一個營。蔣鼎文看在昔日的份上，並沒有追究他過錯，而是繼續保留他的部隊番號，命他到後方休整。說是休整，其實就是要他發展勢力，對付在興平一帶活動的八路軍遊擊隊。

余力柱來到興平的第一件事就是招兵買馬，只要願意當兵，不管是什麼人，都要。不僅如此，他還派人下鄉強行抓壯丁入伍。花了兩年多的時間，部隊總算擴充到兩個團，距離一個整編師的人員匹配，還差一大截。

抗戰三年多時間，國軍大多數軍隊的兵力配置都不滿員。

余力柱是個很會享受的人，吃喝嫖賭缺一不可。他到興平的第三天，就娶了一個比他小二十三歲的漂亮女學生做姨太太。自此一發不可收拾，無論在哪裏，只要被他看上的，都逃不脫他的魔掌。

有錢的人家娶兩三個姨太太，那是常有的事。興平人都知道民國的大總統袁世凱，還娶了十個姨太太呢。可是現在，有人比袁世凱還厲害，那就是余力柱。余力柱的姨太太，比袁大總統還多五六個呢。

在興平城，余力柱就是一個土閻王，只要他跺一下腳，整個興平城都要抖三抖。攤派到各家各戶的軍費和各項苛捐雜稅，少一個子都不行。動輒把人捆進大獄，先打個半死，再叫家裏人拿錢贖人，過期不贖的，以通匪罪槍斃。城西刑場上，幾乎每天都有人被槍斃。

俗話說，兵匪是一家。

馬長風帶著兄弟們來到興平時，就按江湖規矩，帶著禮物去拜訪了余力柱手下一個姓董的團長。董團長本想勸馬長風吃兵糧，說是給他個連長的職位幹。可馬長風自由慣了，不願意受約束。不過，他幫忙牽線搭橋，介紹了幾股土匪給董團長，還幫董團長暗中販賣過兩趟煙土。

上面有剿匪的命令下來，董團長會事先派人通知馬長風，找個地方暫避幾天。即使被軍隊撞上，只要亮出董團長的旗號，自然平安無事。

以往進城，馬長風都會去董團長家裏坐一坐，一來送點禮物聯絡感情，二來探探各方面的風聲。但是這次，他並沒有帶任何禮物。

他們三個人來到一座青磚小院的門前，見門口站了十幾個持槍的士兵，門樑上掛了兩個紅燈籠，門上貼著大紅喜字。

這家人正在辦喜事呢！

羅強低聲問道：「大哥，是不是錯了？」

馬長風說道：「沒錯，那個人說的就是這裏。」

狗溜子為人機靈，上前和一個當兵的套了關係，弄明白是怎麼回事。原來有一個叫小玉的姑娘，孤身一人住在這裏一年多了，平常不怎麼出門，不知哪天上街，給他們董團長看上了。團長派了媒婆來說媒，可小玉說要等她的爹從外地回來。團長怕小玉跑了，便派人日夜守在這裏。今天已經是第九天了，小玉她爹若是明天還不到，團長就要強行娶親了。

「走，找個地方吃飯，晚上再說！」馬長風領著羅強和狗溜子轉身離去。

三個人吃過晚飯，找了一家旅店住了下來。

半夜，馬長風把羅強和狗溜子叫醒，三個人來到那座小院側面的一條胡同。

「你們在這裏守著！」馬長風說完，順著牆邊一棵大樹「嗖嗖」兩下就爬了上去。

他並不急著跳進去，而是隱藏在枝葉間往裏面看。他那高大的身軀站在枝杈間，連樹葉都不動一下。

院落並不大，一間主屋的兩邊，各有兩間小屋，屋簷下面堆著一些雜物。空氣中飄盪著一股清新的花香，主屋和右側的小屋都亮著燈，燈光照著院內花圃裏花花草草，還有那兩三個在花圃旁邊晃來晃去的傢伙。

連院子裏都安排了人，看來董團長真怕這個叫小玉的女人跑了。住在小屋裏的，應該就是看守小玉的士兵了。

到了這個時候，一般的人都已經入睡，為何主屋的房間裏還亮著燈呢？

馬長風輕而易舉地躲開院子裏的哨兵，潛到主屋的窗下，聽到裏面有個男人粗重的聲音：「……我已經等了九天，老丈人明天再不回來，我可沒有耐心再等下去……」

他聽出屋裏面那個說話的男人，正是和他關係不錯的董團長。

一個女人的聲音接著傳出來：「你不要急，不是還有一天嗎？說不定我爹明天就回來了！這麼晚了，你回去吧！」

說話的女人，應該就是小玉了。

董團長哈哈地笑了幾聲，說道：「今兒晚上我不走了，陪你喝到天亮。」

小玉說道：「都什麼時候了，你不想睡覺，我還要睡呢！你的人守在門外，難道還怕我一個弱女子跑了不成？」

董團長說道：「我不是那個意思，不是因為太想你嗎？怕你寂寞呢！」

馬長風抽出匕首，輕輕剔開窗戶裏的插銷，打開窗戶，無聲無息地跳了進去，身手比夜貓還敏捷。

他就藏身在窗簾的後面，探出半個頭去，看清了屋內的情形。

這是一間女人的臥室，有一股淡淡的脂粉香。屋子中間擺著一張圓桌，桌子上有一些吃剩的飯菜，一個穿著軍裝的矮胖男人坐在桌邊，背對著馬長風。

那個叫小玉的女人就坐在董團長對面，身上穿著一襲細花短褂，一條烏黑長辮斜搭在左肩上，那明亮而如水的眼眸，俏麗而清秀的臉龐，如雪的肌膚和凹凸有致的身材，雖沒有傾國傾城的花容月貌，卻有一種小家碧玉的風韻，難怪能夠迷住董團長。

馬長風進屋時雖然沒有弄出半點聲響，但窗簾還是不可避免地動了幾下，他望著小玉的時候，小玉也正望著他，眼中閃過一絲疑惑和驚訝。

董團長不虧是軍人出身，就這一絲異樣，已經讓他感覺到了，他下意識地伸手到腰間去掏槍，可腦後風響，後腦勺重重挨了一擊，頓時失去了知覺。

馬長風打量董團長後，朝小玉做了一個噤聲的手勢。他低聲在小玉耳邊說道：「想辦法支開外面的人，我帶你走！」

小玉點了點頭，幫忙馬長風將董團長抬到床上，用被子蓋住。接著走到窗前，大聲說道：「外面的，你們團長喝醉了，今晚在我這裏住下，他說你們守了那麼多天，都累了，回去休息吧，明天迎親夠你們忙的！」

門開了，進來兩個士兵，看見躺在床上的董團長，其中一個露出猥瑣的笑容，說道：「那我們就不打擾團長了！」

等外面的士兵都進了小屋，馬長風才從窗簾後面現身，見小玉從衣櫃中取出一個包裹。看來她早就想逃走，只是被當兵的看得那麼緊，走不了而已。

兩人剛從窗戶出來，小玉的腳還沒有落地，就聽到一陣拉動槍栓的聲音，馬長風覺得背心冒起一陣涼意，心道：完了。

幾個士兵用槍指著馬長風和小玉，一個高瘦的男人從小屋門口的陰影裏走出來。馬長風看清那人的模樣，叫道：「宋師爺！」

宋師爺也認出馬長風，鼻子「哼」一聲，說道：「剛才他們對我說，團長已經睡下了，要他們都回去歇著，我就覺得很奇怪，團長要真想在這裏睡，也用不著等到今天晚上。我猜屋裏肯定有問題，果然被我猜中了，你把團長怎麼了？」

馬長風說道：「我只是把他打暈了！」

宋師爺冷冷地說道：「馬鷂子，虧團長還把你當兄弟，想不到你是這樣的

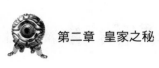

人。都說當土匪的很精明，可你為了一個女人而把命搭上，值嗎？」

馬長風說道：「我馬鷂子行走江湖，最注重的就是信義兩個字，受人之托，忠人之事。」

一個士兵上前，從馬長風身上搜走了兩支短槍和一支匕首。

宋師爺問道：「是誰要你來的？」

馬長風說道：「一個死人！」

小玉一聽這話，臉色頓時變得煞白，一把抓住馬長風，哭道：「我爹是被誰害死的？」

馬長風還沒來得及回答，就聽宋師爺問道：「那他臨終前除了要你來這裏之外，還有沒有什麼東西託付給你？」

宋師爺說話的同時，伸手抓向馬長風纏在腰間的包裹。

要是宋師爺不動，馬長風倒無計可施。

就在宋師爺的手抓住包裹的時候，馬長風出手了。他一隻手抓住宋師爺的手，另一隻手上像變戲法一樣，出現了一把半尺長的短刀。

鋒利的短刀就格在宋師爺的脖子上，宋師爺登時變了臉色，問道：「馬鷂子，你想怎麼樣？」

馬長風說道：「我不想怎麼樣，只求平安離開，麻煩你跟董團長說聲對不起，我馬鷂子欠他這份人情，一定會還的。」

他打了一個呼哨，牆頭那邊丟過來一根繩索。他接著對小玉說道：「關於你爹的事，離開後再說。」

小玉沒有再說話，抓著那繩索，兩下子就上去了。

宋師爺說道：「馬鷂子，你如果這麼不講情義，董團長不會放過你的，就算你跑到天邊，都跑不脫我們的手掌心！」

馬長風並沒有被宋師爺唬住，而是淡淡地說道：「叫他們把槍放下，退出去！我們闖江湖的，命不值錢，要是要你宋師爺陪著死，就太不好意思了！」

宋師爺是識時務的人，聽馬長風這麼說，知道今晚的事情是無法挽回了，只得揮了揮手，讓那些士兵把槍放下，暫時退了出去。他正要說話，只覺得後腦勺被重重一擊，頓時暈了過去。

卻說馬長風打暈宋師爺，飛躍牆頭出去後，不敢稍作停留，帶著羅強等人急忙往城西而去。跑不了多遠，身後就響起紛雜的槍聲。

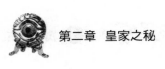

城門口早就關閉，而且還有士兵把守，要想出城，唯一途徑就是翻越城牆。四米多高的城牆，根本難不倒他們幾個人。當他們行走在城外小道上時，還能聽到城內的槍聲。

小玉跪在墳前那副梨花帶雨的模樣，令站在旁邊的男人禁不住地陪著落淚。馬長風不知道該怎麼去勸，只等她哭夠了，才把腰裏的包裹解下來，平鋪在地上，說道：「姑娘，你看這裏面的東西少了沒有？」

小玉從包裹裏拿起那卷書，說道：「我爹就是為了這卷書才死的。」

在小玉述說中，馬長風才知道，原來躺在墳裏的那個老頭子，居然就是江湖上赫赫有名的獨行盜墓前輩朱福。但是他身邊的羅強，卻表情陰鬱地看著小玉。

朱福的外號叫「看山倒」，江湖傳言，沒有「看山倒」找不到的墓，也沒有他盜不了墓。朱福盜墓倒斗有三大原則：遇風不盜，見陰不起，逢雙不取。

沒有人知道朱福的三大原則究竟是什麼意思，但有一點可以肯定，那就是行業的禁忌。每個盜墓人，都有不為人知的禁忌。

朱福出手的東西，都是上等貨色，隨便賣一件，動則幾千幾萬大洋。但此人行蹤不定，許多人只聽其名，而不知其形。

古董界有一條不成文的規矩，誰要是買到了朱福的貨，就得在最好的飯店請同行吃上三天的酒宴。

多少人做夢都想請客，可就是沒有那個運氣。

按理說，像朱福這樣的人，盜一個大墓，就足夠瀟灑生活一輩子。江湖上只聽說他出手了什麼樣的貨色，卻從未聽說他怎麼有錢。

他的錢都到哪裏去了呢？

小玉淒涼地說道：「我爹看不得窮苦人，他的錢都用來救濟別人了。」

羅強說道：「想不到江湖上傳言的救貧先生，居然是他！」

馬長風問道：「什麼救貧先生？」

羅強說道：「大哥，你有所不知。我之前對你說過的那個唐代國師楊筠松，他的俗名就叫楊救貧。此人官至金紫光祿大夫，掌靈台地理事，深諳風水之術，使貧者致富，所以世人稱其為救貧先生，後人由此也稱其為楊救貧。我早就聽說當代也出了一個救貧先生，但凡貧者無以生活，徹夜哭泣時，便有一袋大洋或金銀放在床邊，袋中有一字條，上寫救貧先生。很多受其資助的人家，都將其名立一神牌位，早晚上香供奉。想不到老先生一生積德行善，卻死得如此之慘。」

羅強的話說完，小玉忍不住又哭了起來，她哭了一陣，才啞聲說道：「兩年前，我爹就洗手不幹了，可是……」

馬長風忍不住問道：「可是什麼？」

小玉說道：「可是他有一個未了的心願，就是尋找一件寶物！」

一聽是寶物，那幾個男人的眼睛頓時發亮起來。朱福要尋找的寶物，肯定不同凡響。

馬長風低聲問道：「那件寶物一定很難找，是不是？」

以朱福的本事，都找不到的寶物，肯定很難找。

小玉說道：「半個月前，我爹對我說，那件寶物有線索了。」

羅強說道：「你還沒有告訴我們，到底是什麼寶物呢！」

小玉說道：「你們知道秦始皇最喜歡的東西是什麼嗎？」

羅強說道：「應該是傳國玉璽吧！秦始皇滅六國統一後獲得和氏璧，將其琢為傳國玉璽，他是個權力欲很強的人，除了玉璽和銅虎符外，還能喜歡什麼？」

小玉說道：「你只說對了一半，事實上，和氏璧是和氏璧，傳國玉璽是傳國玉璽，是兩件東西。」

馬長風大驚，想不到小玉居然說出這樣的話出來，他雖然是馬賊，可也讀過書，知道有關和氏璧的傳說，那是春秋時期楚人卞和在湖北南漳縣荊山中得到的一塊璞玉，兩次獻給楚厲王，都被認為是普通的石頭，卞和為此失去了兩條腿，到楚文王時，派人把石頭剖開，果然得到一塊美玉，這就是和氏璧的由來。他禁不住說道：「無論是古書還是典籍上，都說傳國玉璽是和氏璧雕琢而成的，從來沒有人懷疑那是兩件東西。」

小玉說道：「不錯，正是因為那樣，所以沒有人知道那是兩件東西，和氏璧的秘密，一直是皇家不傳之秘。當皇帝的人就是害怕讓外人知道真正的和氏璧是什麼，才把和氏璧說成傳國玉璽。」

馬長風說道：「既然是皇家的不傳之秘，你又是如何知道的？」

小玉看著手裏的竹簡說道：「因為我爹找到了這卷書。」

羅強冷冷地說道：「不就是一卷風水堪輿的古書嗎？難道裏面會有皇家的不傳之秘？」

小玉把竹簡輕輕打開，指著最後面的那些古隸文字，說道：「其實和氏璧最大的秘密，就是能讓死人永遠不死。」

馬長風問道：「什麼是永遠不死？」

小玉說道：「就是將和氏璧放在剛剛死去的人身上，屍體不但永遠不腐，還能有活過來的機會。它還有一個名字，叫萬古神石。我們天地玄黃四派，稱之為石王。」

羅強冷笑道：「既然和氏璧能讓死人永遠不死，那為什麼秦始皇死後，屍體腐爛發臭，胡亥和趙高要買很多鹹魚放在車上掩蓋屍臭呢？」

小玉正色道：「因為和氏璧並沒放在秦始皇的身邊。」

羅強繼續冷笑道：「你不是說，秦始皇最喜歡的就是和氏璧，一個人怎麼不把最喜歡的東西帶在身邊呢？」

小玉說道：「你別忘記了，秦始皇死的時候，身邊是窺視帝位已久的公子胡亥，如果讓秦始皇還活過來，胡亥就永遠當不了秦二世，這就是他為什麼要和趙高密謀，支走公子扶蘇的親信蒙毅，而後假傳遺詔的經過。」

羅強說道：「可是在歷史上，並沒有和氏璧讓死人復活的故事，都是憑你信口雌黃，能信嗎？」

小玉說道：「我只說有可能活過來，並沒說一定能活過來。史書上說，三國時期曹丕的皇后甄氏被賜死後，隨葬的宮女不是有活過來的嗎？後來還被李世民納為妃子呢！」

羅強說道：「可書上並沒有說和氏璧隨甄皇后下葬，陪葬宮女活過來的，也沒說是和氏璧的作用呀！」

小玉說道：「我是聽我爹說的，信不信隨你們。我爹懷疑和氏璧被唐玄宗放進楊貴妃的墓葬裏了。」

羅強笑道：「憑你爹的本事，難道還進不了楊貴妃的墓葬嗎？」

小玉說道：「我爹找到三個楊貴妃的墳墓，可沒找到和氏璧。」

羅強呵呵笑道：「你爹不是神仙，他憑什麼知道和氏璧有那麼神奇的功能，又憑什麼確定和氏璧在楊貴妃的墳墓裏呢？」

一個赫赫有名的獨行盜墓前輩堅持去做的事情，不可能沒有原因的，每個人都有不為人知的秘密，就算是自己的女兒，也不一定知道。

馬長風想到這裏，說道：「羅強，你不要再逼問這位姑娘了，也許很多事情，連她自己都不清楚，反正都是聽人說的，信與不信，就看每個人怎麼去想

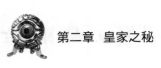

了。」他轉向小玉，接著說道：「姑娘，包裹裏的東西你都可以拿走，離開陝西，去別的地方，不要讓董團長找到。」

小玉從包裹裏拿了那枚斷裂的玉簪，一臉悲戚地說道：「這是我爹給我娘的定情物，其他的東西，都送給你們。」

馬長風說道：「你一個姑娘家，沒有錢怎麼行呢？你在別的地方還有親人嗎？我派兄弟送你過去！」

小玉搖了搖頭。

馬長風看了諸位兄弟一眼之後，對小玉說道：「姑娘，實不相瞞，我們都是浪跡江湖的馬賊，如果姑娘不嫌棄，就暫時跟著我們，對你也有個照應。此去不遠的山谷中，有一處山民廢棄的石頭屋子，是我們的臨時落腳點。姑娘，你先住在那裏，等有了好一點的地方再做打算，如何？」

小玉朝馬長風施了一禮，說道：「多謝大哥！」

馬長風說道：「我的這個兄弟也是半個風水先生，如果姑娘不介意的話，可否將這卷竹片子借給他看看，或許他能幫你爹完成心願。」

小玉將竹簡遞給馬長風，說道：「你們要用，儘管拿去就是。我爹說，不是誰都能看懂這本書的，當世能看懂這本書的，有三個人，一個是徽州休寧的風水大師何成松，此人是南唐國師何令通的後人，光緒年生的可能不在人世了；一個是北大考古學教授苗君儒，我爹和此人見過一面，此人的學識博古通今，實乃當今第一人；最後一個，就是我爹自己了。你們拿去了也沒用。」

羅強說道：「這麼說，要真看懂這本書，還得去找那個叫苗君儒的人嘍？人家是北大的教授，我聽說日本人打進北京時，學校裏的教授都往南逃了，現在兵荒馬亂的，怎麼找呀？」

小玉說道：「我爹說苗教授在重慶，他經常出外考古的。」

羅強說道：「難不成我們去重慶把他請來？」

小玉說道：「要想他來也不難，你們去一趟重慶，把這塊白玉朝笏賣給一家叫萬古齋的古董店，並留下一個要他們尋找的地址，說不定他很快就找來了。」

馬長風說道：「我們手裏正好有幾樣東西要出手，去一趟也無妨。」

就這樣，小玉在那間石屋裏住了下來。

馬長風派人暗中去興平城裏打聽了，城裏城外貼滿了緝拿他的佈告。像他們這種沒有固定山頭的土匪，官兵是很難抓到的。

不過出去避一避風頭也好，他帶著幾個人來到重慶，找到了那家叫萬古齋的古董店，把那塊朝笏賣了出去，臨走時對掌櫃的說，手裏還有好貨，掌櫃的要想進貨，就去陝西興平七里鎮找楊老槐。

實際上，興平七里鎮並沒有楊老槐這個人。無論是從東面的西安，還是南面的戶縣過來，要想去七里鎮，就必須經過那條山路。

從重慶回去的時候，馬長風買了一塊上等的新玉佩，叫人在玉佩的正面雕了一朵玉蘭花，背面雕了一匹駿馬，他把玉佩送給小玉的時候，見小玉的臉上蕩起一陣紅暈，低著頭把玉佩收下了。她告訴他，她爹懷疑真正的貴妃墓就在這一帶的山上，和氏璧具有不同尋常的神奇之處，不但有很強的磁性，而且能顛倒陰陽。她還要他防著那個姓羅的兄弟，說那人的腦後有反骨。

她自從跟了馬長風之後，身上便多了幾分土匪婆的匪氣，閒暇的時候，跟著他學打槍。一來一往，兩人之間的情愫，在慢慢滋生著。

馬長風在江湖上還有一些人脈，他回來沒到一個月，就有西安的朋友傳話過來，說萬福齋古董店裏來了一行外地人，其中一個好像是古董的行家，很可能就是他們要找的人。

第三章

鬼墓

一道黑氣從巨石下的洞口竄出，筆直沖入空中。
馬長風只覺得一陣透骨的涼意，不禁打了個哆嗦。
時值七月天熱的季節，幾個人的身上都穿著短褂，
被那陣冷風一吹，身上頓時起了一層雞皮疙瘩。

馬長風派了狗溜子去西安，沿途打探那行人的消息，如果確定其中一個人是苗君儒，無需聲張，只要緊跟著就行。

他和羅強帶了幾個人，在這一帶的山上轉悠，尋找楊貴妃的真正墳墓，而小玉則和另外幾個人在山道上守著。

在他的心裏，並沒有把那個叫苗君儒的人當回事，只是小玉要那麼做，他無非順著她的意思而已。他只希望羅強能再找到一個大墓，多挖些值錢的好東西出來，賺了錢之後，帶小玉找個地方享福。若不是發生了後來的事，他也不可能帶著小玉逃到西藏，以躲避仇家的追殺。（有關馬長風與小玉在西藏的故事，請見拙作《藏地尋秘》）

這天下午，他們走到一個光禿禿的小山頂上，羅強忽然停住了腳步，驚奇地看著手裏的羅盤，只見羅盤中間的指南針不停的亂轉。他驚道：「大哥，這地方不對。」

馬長風問道：「有什麼不對？」

羅強朝四周的山巒看了看，說道：「這地方後無大山屏障，左右空曠，前面的明堂雖然開闊，但不能藏風聚氣，犯煞。你們再看腳下的泥土，都是黑褐色的，而且沒有一棵樹木。這種地在風水上稱為死絕地，絕對不能葬人的。這地方怎麼看都覺得有古怪，可又有種說不出來的感覺。」

馬長風也覺得有些古怪，這座小山峰處在群山環繞之中，其他的山上都鬱鬱蒼蒼的，長滿參天大樹，唯獨這裏只有些雜草和亂石。他問道：「那怎麼辦？」

羅強說道：「小玉說過，和氏璧有很強的磁性，還能顛倒陰陽，這裏若非有很強的磁場，羅盤不會這麼亂轉。」

馬長風問道：「那你的意思是，真正的貴妃墓就在我們的腳下？」

羅強說道：「我只是這麼揣測而已，不能肯定！」

他的左手托著羅盤，右手大拇指不停的在其餘四指掐動，嘴巴動個不停，卻聽不見他在說什麼。只見他一會兒抬頭看看天，一會兒左顧右盼看著遠處的山脈，一會兒又注視著腳下，還不停的走著八卦步。

終於，羅強停下來了，坐在一塊長滿青苔的大石頭上，說道：「大哥，叫兄弟們四處找找，看看有什麼古怪的地方。」

不一會兒，出去的兄弟都回來了，並沒有發現什麼異常情況。

羅強的眼睛依舊盯著羅盤，兩條眉毛拚命往中間擠，臉上盡是狐疑之色。

走了大半天的山路，興許有些累了，馬長風坐在羅強的旁邊，無意間把手在座下的大石頭一拍，卻見被他的手拍去青苔的大石上，居然有幾行文字。

他立即喊道：「羅強，你看這是什麼？」

喊聲使其他人都圍了過來，只見這石頭有上千斤，上面略為平整，似乎是天然的，周身長滿青綠色苔蘚。羅強端詳了一會兒，說道：「像這樣的山頂有這麼大的石頭，本身就很奇怪，而更奇怪的是，大石上居然長滿了青苔。」

馬長風點頭道：「青苔只生長在水分充足的地方，這裏已經幾個月沒下雨了，除了石頭旁邊的雜草還有些綠色外，遠一些地方的草都乾枯了。難道這石頭下面是個泉眼不成？」

羅強說道：「泉眼不應該在山頂！」

他說著，小心翼翼的把大青石上的青苔抹去，露出了完整的幾行字：

三宮無顏色，一笑百媚生。六軍芳魂遠，七夕得飛升。

馬長風哈哈笑道：「就是傻子，都能看出是寫楊貴妃的。來，兄弟們，把這塊大石頭給我搬嘍，我倒要看看，石頭下面究竟有什麼！」

他把大手一揮，立即上來四個力氣大的兄弟，站在大石頭的旁邊，腳下生根，手上使勁，叫一聲「起！」

按說這四個人都是天生蠻力之人，每人單手能托起一隻上百斤的石磙，一齊使力的話，縱是兩三千斤巨石，也能掀翻，可區區上千斤的石頭居然紋絲不動。

羅強似乎看出了什麼端倪來，說道：「慢著，你們先退開！」

幾個人退開後，他手托羅盤圍著大石頭轉起了圈子，只見羅盤中的指南針快速轉個不停，他拿出一把錘子，使勁敲了大石的一個邊角，居然敲下一些石屑來。

石屑是青灰色的，並非含鐵量高的紅色岩石，更不是帶有磁性的黑色磁石岩。他捏著石屑，說道：「石頭沒有什麼問題，我懷疑這下面是不是有什麼機關？」

馬長風已經不耐煩了，說道：「不管什麼機關，依我看，直接用炸藥炸開。」

羅強點了點頭，說道：「現在到處都在打仗，這裏又遠離村莊，不會引起人們的懷疑。大哥，我看行！」

兩個弟兄上來，把炸藥埋在石頭四周，扯出導火線，大家立即跟著後退數丈伏下身子。

「轟」一聲巨響，大石頭炸得粉碎。

大石一碎，只見一道黑氣從巨石下面的那個洞口竄出來，筆直沖入空中。「忽」的一陣風響，平地卷起一陣冷風，吹得雜草咧咧作響。馬長風從藏身處站起來，只覺得一陣透骨的涼意，禁不住打了個哆嗦。

一個兄弟也叫道：「好冷！」

時值七月，正是天熱的季節，幾個人的身上都穿著短褂，被那陣冷風一吹，身上頓時起了一層雞皮疙瘩。

羅強仰頭看著那股黑氣，只見黑氣在空中盤旋著、翻滾著，變成如墨的烏雲，沒多一會兒，便遮住了大半個天空。

看樣子，好像要下大雨了！

他口中喃喃說道：「大哥，我們不該炸開石頭的，不知道什麼妖物逃了出來，連天地都變色了！」

馬長風說道：「兄弟，現在說什麼都沒用了。」

他走到洞口前站住，看了一眼黑乎乎的下面，從旁邊拾起一塊碎石丟下去，過了好一會兒，下面才隱約傳來「噗通」的聲音，好像是石頭落到水裏了。他笑起來：「果真是個泉眼，下面都是水呢！」

羅強說道：「拿個火把來。」立即有個兄弟點燃火把遞給他。他把火把扔下去，然後緊盯著，看到火把快速下墜，直到變成一個小火點，撲的就沒了，想必也是掉到水裏了。

旁邊一個兄弟說道：「大哥，我聽人說，火能進去的地方，人就沒事！」

羅強劈頭拍了那人一掌，罵道：「你以為大哥不知道呀？」

馬長風說道：「不知道下面有什麼呢！拿繩子來！」

立即來了兩個拿繩子的兄弟，拿著個近三尺長帶鉤的鐵釬，用錘子釘在土裏只露出鐵鉤，然後把繩子的一端牢牢的繫在鐵鉤上。一個兄弟要把繩子的另一端往腰上捆，卻被馬長風一把奪了過去。

他把繩索往腰上纏，說道：「老規矩，還是我這個當大哥的先下。」

馬長風跟其他土匪的老大不一樣，每次遇到危險的事情，都是身先士卒地衝在最前面，從來不讓手下的兄弟吃虧，他以自己過人的機警和武功，得到手下弟兄的真心愛戴。

羅強說道：「大哥，我覺得這個洞很邪門，我們還是放棄吧！」

馬長風把繩子往自己腰上繫好，又將腰間的兩支手槍打開保險，一手抓著繩索，一手拿著火把，笑道：「我們這種把腦袋別在褲腰上過日子的人，有什麼好怕的，要是下面有一個千年大殭屍，我也把它抓上來給兄弟們換酒喝！」

話雖然這麼說，可馬長風不敢大意，他一邊下降一邊警惕地觀察著下面的動靜，大約下降近四十多米，忽然感覺有冷風襲人，禁不住又打了一個寒戰。他循著風來的方向望去，只見左側有一個洞口，約一人多高的樣子，洞壁上有人工雕琢的痕跡。他把身體一展，整個人就進了橫洞，腳下踏著的，居然是整塊的青石板，他用火把往前探了一下，見前方黑乎乎的，不知道有多深，看來是一條地道。他回頭往下看，見下方是個大水潭。

上面傳來羅強的聲音：「大哥，情況怎麼樣？」

馬長風喊道：「有一個橫洞，你們都下來吧。」

羅強一看天色，看樣子要下大雨了，他吩咐兩個兄弟守在上面，其餘的都跟他下去。他剛抓住繩索，豆大的大雨就傾盆而下。

下到橫洞裏，羅強朝前面看了看，說道：「我和大哥在前面探路，你們幾個和我們隔開一段距離，若情況不妙，就趕緊回去！」

馬長風和羅強都知道這種地方危機重重，稍一不慎就會丟掉性命。兩人一手舉著火把，一手拿著手槍，小心翼翼的往裏走，時不時的看著腳下的青石板，以免踏上機關。

走了約十幾丈遠，機關沒有碰上，倒有一塊齊胸高的石碑擋住去路。這十幾丈路，走了近兩個時辰，每個人都走得很小心，心都提到了嗓子眼。

石碑上方有一個圓乎乎的東西，羅強舉著火把上前，只見石碑上刻著四個血紅色的大字：擅入者死。那圓乎乎的東西，居然是一顆骷髏頭。

羅強忐忑不安地說道：「大哥，我覺得這裏面很邪門，我們還是回去吧？」

馬長風沉吟片刻，哈哈一笑：「想不到你的膽子這麼小，既然走到了這裏，前面就是龍潭虎穴，我也要闖他一闖！」

羅強有些不高興地說道：「大哥，兄弟我跟著你，也有好幾年了，你什麼時候見過我臨陣退縮？我只是覺得這裏很怪異，不值得兄弟們冒那個險！」

馬長風說道：「兄弟，我知道你是一片好心，我這個做大哥的，其實就是一根直腸子，有什麼說什麼。要不這樣，我先過去看看情況，萬一我那個了，你帶著兄弟們退出去，小玉就拜託你照顧了！」

「大哥……」羅強剛開口，就見馬長風往前面走過去了，想拉都拉不住！

馬長風繞過石碑，見石碑後面不再是一整塊的青石板，而是一塊一塊小方磚鋪成的路面，橫向每一排方磚為九塊，目光所能看清的有七排，每一塊方磚上，都刻著一個數字。初一看，這些數字顯得雜亂無章，而且同一排裏，有些數字相同。

他小心翼翼的往前探出大步，踩到一塊方磚上，似乎覺得腳下有異，立即一個倒縱飛回碑後，只見前方的兩邊各有刀光一閃即沒。

馬長風笑道：「好險！」

羅強走過去看著那些方磚，說道：「大哥，方磚上的數字，好像代表著什麼，走對了就能過去，走錯了就沒命！」

馬長風問道：「你能看得懂嗎？」

羅強看了一會兒，搖了搖頭。

馬長風說道：「剛才我踩的是刻著四字的方磚，一排不就九塊嗎？用兩支長槍綁起來，一塊一塊的敲過去，你看如何？」

這不失為一個辦法，羅強點了點頭。後面的兄弟趕緊用腰帶綁了兩支長槍遞過來。馬長風和羅強閃身到石碑後面，用槍托去敲擊方磚。

槍托敲在那塊刻有二字的方磚上，刀光一閃，槍托被削去了半截。第二下敲在五字的方磚上，刀光又是一閃，槍擊的機尾後端帶鐵的部分，居然也被削去了。

當真是削鐵如泥！

羅強說道：「大哥，還沒等敲上三塊磚，一支槍就廢了！」

馬長風微笑道：「越是兇險，就說明裏面越有寶貝！槍沒了可以再買！」

在黑市上，一支新槍值兩百大洋，雖說有錢能買得到槍，可兩百大洋就這麼沒了，不由人不心疼！要知道，兩百大洋可以夠十幾個兄弟去窯子裏爽兩三個晚上的。

當敲到那塊刻著三字的方磚時，刀光並沒有出現。馬長風又重重的敲了幾下，還是沒有動靜。

羅強似乎想起了什麼，說道：「大哥，這機關可能跟我們炸掉的大石頭上的那首詩有關。你試試第一排的那個六看看。」

馬長風重重地敲了第二排那塊刻有六字的方磚，也沒有出現刀光。

羅強說道：「上面那首詩共有四個數字，分別是一三六七，而這四個數字中的其中一個，在每一排方磚裏面，只出現一次，只要我們踩著刻有這四個數字的方磚，就行了！」

狗溜子說道：「大哥，剛才你已經試過了，先輪到我了！」

他的身材瘦小，話一說完就竄到前面去了，腳尖點在刻有安全數字的方磚上，一連走了七八排。轉身叫道：「大哥，沒事！」

話一說完，他聽到身後傳來一陣怪響，扭頭看時，見一大團黑影朝他撲來，他下意識地退了一步，當醒悟到自己的錯誤時，已經遲了。

刀光一閃，狗溜子的身體內噴出幾道血劍，隨即斷為幾截，掉落在方磚上。

「狗溜子呀！」馬長風叫喊著要衝上前，卻被羅強死死拉住。

那團黑影朝他們撲過來，羅強身後的幾個兄弟連連開槍，槍聲中，幾隻與大老鼠相似的東西掉在方磚上。羅強仔細一看，原來是蝙蝠。

那團黑影就是一大群蝙蝠。

呼啦啦一陣風響，那群蝙蝠從眾人的頭頂飛了過去。

馬長風推開羅強，縱身躍出去，當他回來的時候，手裏提著幾段狗溜子的屍身。他捧著狗溜子的頭顱，哭道：「兄弟，大哥對不住你！」

卻說守在上面的兩個兄弟，見下去的人過了兩三個時辰，還沒有一點消息，隱約聽到下面還傳來槍聲。

大雨將他們淋得濕透，其中一個兄弟說道：「二哥說這個地方很邪門，他們會不會……」

情況肯定不容樂觀，兩人面面相覷，又不敢下去，好一陣子都拿不出主意，終於，另一個兄弟說道：「我在這裏守著，你回去找嫂子！」

在弟兄們的眼中，小玉是馬長風的人，所以他們一直嫂子長嫂子短的叫著。

那人冒著大雨來到石屋，將山頂那邊的情形對小玉和苗君儒說了。

程大峰一聽有這麼一個奇怪而神秘的地方，便有些興奮地說道：「苗教授，要不我們去看看？」

苗君儒收拾好那卷竹簡，微微點了點頭，起身簡單地收拾了一些東西，和程大峰一起跟著那個兄弟往外走。

小玉拿著那卷竹簡問道：「苗教授，你不帶上這個嗎？我爹說過，要想進真正的貴妃墓，必須用上它！」

程大峰笑道：「如果那個洞下面就是真正的貴妃墓，不是有人進去了嗎？」

小玉說道：「他們冒然進去，九死一生！」

苗君儒問道：「既然這樣，你為什麼不給他們帶著？」

小玉說道：「馬大哥身邊那個人，是玄字派的，我爹是地字派的。」

苗君儒微微一驚，據他所知，中國的風水堪輿自漢代之後，逐漸形成很多派別，最大的莫過於天、地、玄、黃這四派，而這四派又分為南北兩派，天玄為南派，地黃為北派。

各派都有自己的不傳之秘，到了唐代，地派門人大多成為專業盜墓人，並能修造墓室埋設機關；而玄派則主要以風水堪輿為主；天派與黃派則成為卜算為主的算命先生。各派陸續分出許多小支派，各小支派之間的紛爭，慢慢演化到大派之間的敵對。敵對矛盾最激烈的，尤以玄派和地派最為甚。一個是給死人看風水選日子下葬的，另一個則是挖墳發死人財的。兩派在風水的研究上，各有獨到之處。但一葬一挖，各種矛盾漸漸滋生了。

到了明朝嘉靖年間，一個地字派的人，挖了一個玄字派的大官之墓，這事引發了兩派的江湖恩怨，死於兩派紛爭的弟子，不下數千人。一時間兩派人丁凋零，從這以後，兩派弟子視同仇敵，老死不相往來。

那個兄弟一聽這話，有些生氣地說道：「嫂子，就算你對羅二哥有看法，可大哥對你怎麼樣，你是知道的，你可不能不顧他，還有那些兄弟！」

小玉淡淡地說道：「放心吧，你大哥有驚無險，他死不了，只是那些兄弟，跟著白白喪了命。我叫他不能聽羅強的話，等見到苗教授之後再去找，可他偏不聽，我有什麼辦法？」

苗君儒說道：「現在說這些話都沒用，還是趕緊去救人吧，如果還來得及的話，希望把他們都救出來！」

外面的雨已經停了，三個人帶了一些必要的工具，跟著那個兄弟往出事的地方趕。山路很泥濘，一路又跌又爬，走得都很吃力。

好不容易來到那個洞口，見洞口的旁邊躺著一個人。苗君儒上前一看，見那人已經死去多時，兩眼瞪得老大，臉上的肌肉扭曲而僵硬，嘴角還留著白色的泡沫。

程大峰說道：「苗教授，我聽醫學院一個同學說過，被嚇死的人就是這樣的表情！」

苗君儒說道：「他確實是被嚇死的！」

帶他們來的那個兄弟哭道：「大哥他們下去之後，我們守在這個洞口，一直沒有看到什麼可怕的東西，我走的時候，他還好好的呢，怎麼這會兒被嚇死了呢？」

苗君儒說道：「應該是在你離開之後才發生的，從心理學角度來說，如果遇上同樣恐怖的事情，有兩個在一起，可能不會覺得怎麼樣，但一個人單獨面對時，有可能會被嚇死！」

屍體身上並沒有明顯的傷痕，右手抓著槍，手指緊緊地扣著扳機，屍體旁邊的泥地裏，散落著子彈殼。苗君儒掰開屍體的手指，將槍提了起來，見彈夾裏的子彈都打光了。

是什麼可怕的東西，以至於死者在被嚇死之前，不顧一切地打光了槍裏的子彈呢？

苗君儒在洞口轉了一個圈，見洞口除了雜亂的腳印外，並無其他的痕跡。

突然，程大峰叫起來：「苗教授，你看那邊！」

在洞口左邊不遠的黑暗中，出現了兩團綠瑩瑩的鬼火，接著，那兩團鬼火二分四，四分八，很快變成一大片。

苗君儒說道：「走，下去！」

不管那片鬼火是普通的螢火還是什麼東西，當前最理智的作法，就是下洞。等他們三個人相繼下去後，他才最後一個下去。臨下去之前，他朝那片鬼火望了一眼，卻見鬼火離奇般的消失了。

且說馬長風走在前面，羅強和其餘的弟兄們小心翼翼的跟著，他們的眼睛都緊盯著腳下的方磚，不敢有絲毫鬆懈。

狗溜子就是榜樣，誰都不想無緣無故地喪命在這裏。

走了約百十米，通道突然一轉，馬長風停住了腳步，見前面是一扇緊閉的石門，與一般的石門不同的是，石門上居然有一個個凸起的門釘，還有拱形的門洞。整個石門的外形，像極了宮殿裏的宮門，而上方的門楣上，居然寫著「長生殿」三個大字。

長生殿不就是楊貴妃生活的宮殿嗎？也許這裏是楊貴妃的真墓。想到這裏，馬長風朝身後的兄弟笑了一下，看樣子，他們沒有白來這裏。

最後兩排方磚上，並沒有一三六七那幾個數字，馬長風不敢亂踩，一個箭步跳到門洞前面的石板地上。

羅強說道：「大哥，這地方到處都是機關，得小心點！」

他的話剛說完，就聽到一陣女人的哭聲，那哭聲悲悲切切的，很淒慘，好像就在耳邊縈繞。在這種地方，怎麼會有女人？眾人頓時覺得頭皮發麻，有兩個膽子較小的兄弟，已經嚇得變了臉色。

馬長風大聲吼道：「是什麼鬼東西在那裏乾嚎，有本事給爺現身出來，爺天生八字硬，一輩子沒有見過鬼，只見過死屍！」

被他這麼一吼，女人的哭聲離奇般的消失了。

羅強笑道：「還是大哥厲害，連鬼都怕你！」

馬長風用肩膀頂住宮門微微發力，如螞蟻撼大樹般絲毫沒有動靜。幾個兄弟跳了過來，用手一齊試著發力推了幾下，竟也紋絲不動。

羅強在門洞四周搜尋了一番，說道：「大哥，大型墓葬的地宮門，裏面都是用橫石堵死的。有經驗的人都是找到墓葬的薄弱處，挖個地洞過去。我看這裏是大塊的石頭和天然的岩壁相砌而成，憑我們幾個人，恐怕很難打洞。除非用炸藥把這個石門炸開！」

馬長風搖了搖頭，說道：「這裏不能用炸藥，一旦用炸藥炸開而引起塌方，大家就都葬身此地了。」

羅強說道：「可以少用點炸藥，只炸開一個小口，或者讓石門鬆動就行！」

馬長風仰頭看著門洞頂部，右手無意間按在一個門釘上，那門釘居然無聲無息的陷了進去，他吃了一驚，往後退了兩步。

羅強似乎看出了端倪，說道：「大哥，那些門釘可能有玄機。還按那首詩的一、三、六、七試試。」

那些門釘個個差不多，瞧不出什麼差異。馬長風依羅強所言，把手放到第一排門釘的第一個門釘，一發力，那門釘就陷了下去。依次按去，當他按到第六個門釘的時候，只覺得腳下一陣晃動，一陣嘎吱嘎吱的聲音傳來，兩扇石門緩緩開啟。他預感到有什麼不妙，喊了聲：「臥倒！」

說時遲那時快，宮門開啟處，無數的箭矢如雨般的射了過來，只聽數聲慘叫，反應慢些不及臥倒的四個兄弟被射成了刺蝟。箭頭上可能煨有劇毒，那四個弟兄中箭後，哼都沒哼一聲，就倒地身亡了。

亂箭射完之後好一陣子，趴在地上的弟兄們都不敢動彈。見再沒什麼暗器射出，羅強起身拿火把照了一下中箭的四個弟兄，見他們的臉色居然已經變成漆黑，當下心中一凜：不要說中那麼多箭，就是被射中一支，也會沒命。

馬長風也站了起來，伸出火把朝石門後面晃了幾下，只見一排整齊的台階往下，裏面空蕩蕩的，他吼了一聲：「喂，爺來了！」

從裏面傳來渾厚的回音：「爺來了……爺來了……爺來了……」

從聲音上判斷，裏面的空間還不小！

馬長風正要走進去，卻聽羅強說道：「大哥，不要急！」

羅強接著對一具屍體說道：「兄弟，對不住了！」

他飛起一腿，將那具屍體踢了進去。屍體落在台階上，一直往下翻滾，滾了約莫十幾級台階後，黑暗中又傳來一陣箭矢的破空之聲。

馬長風對其他兄弟說道：「你別怪老二，他這麼做，也是想保住我們的命。

如果我們有命活著出去，按規矩辦，死的拿雙份，活的拿一份。」

以前他們打家劫舍，都會把死去兄弟的那雙份酬勞，送到死去兄弟的家人手裏。正因為他說得到做得到，所以手下的兄弟才願意跟著他出生入死。

第二具屍體踢進去後，除了向下翻滾的聲音外，並沒有別的聲音傳出。羅強走到馬長風的身邊，將手裏的火把用力拋了進去。

火把在空中劃了一個漂亮的弧形，落在地上。遠遠望去，只見火把的旁邊，似乎還躺著一些人。

「大哥，我先下！」羅強拔出手槍，張開機頭，一步一步走了下去。

馬長風緊跟其後，若是有什麼情況發生，憑他們身手，或許能逃過一劫。下到第十三級台階時，見中間兩塊台階陷了下去，旁邊的台階上散落著不少箭矢。

那些箭矢並非來自一個方向，而是同時從三個方向射出的，若不是羅強機警，以兄弟的屍體探路，無論誰先下來，只要踩中這處機關，絕無生存的機會。

走完台階，兩人的背心都出了一層汗。他們看清不遠處的那支火把旁邊的人，是一具具人體的骸骨，密密麻麻的躺在地上，足有數百具之多。

黑暗中傳來一聲歎息，顯得非常沉重與無奈。

馬長風扭頭道：「是誰在感歎？」

那幾個兄弟全搖頭，一個兄弟說道：「大哥，我還以為是你發出來的呢！」

羅強低聲道：「是墓神，我們驚到他老人家了！」

馬長風以前就聽人說過，有些皇帝和大官的墳墓裏，都有墓神守護著。墓神生前是皇帝或者大官的忠心下人，甘願自殺殉葬，替主人守墓。墓神的陰魂被建造墓葬的法師施法鎖在墓葬內，永世不得超生。如果盜墓的人不小心驚動了墓神，即便逃過死劫，恐怕一輩子都會被墓神的陰魂糾纏。他問道：「那怎麼辦？」

羅強從隨身的包袱裏拿出三支香，點燃插在地上，接著又拿出幾疊紙錢，點燃後拋了出去，大聲道：「我是天師玄字派的門人，我們進來是求財的，不想驚動你老人家，如果你老人家肯放過我們，回去後一定多孝敬你老人家。如果不願放過我們，就請折斷香火！」

一陣怪風過後，三支香中的其中一支攔腰而折。

馬長風望著羅強，說道：「死了那麼多兄弟，才走到這裏，他想讓我們空手而歸嗎？如果他讓我對不起死去的兄弟，就算他是墓神，我也不怕，我寧可死在這裏，變成厲鬼和他拚了！」

羅強的表情很複雜，說道：「如果三支香全部攔腰折斷，我們只有離開這裏，現在只折斷了一根，依照先例，他老人家想要和我們談條件！」

馬長風說道：「只要不空手而歸，無論他提出什麼條件，我都答應他！」

羅強將羅盤放在地上，往羅盤上散了一些灰土，從包裏內拿出一包東西，打開放在羅盤的旁邊，居然是隻燒雞。他又拿出了七支香，點燃後插在羅盤的周圍，形成一個北斗七星形。

只見他手持三支香，朝東南西北四個方位各拜了三拜後，大聲說道：「你老人家被人鎖在這裏面餓了一千多年，這隻燒雞是孝敬你老人家的，你老人家有什麼要求，就請直說吧！」

馬長風驚駭地看到那隻燒雞緩緩從地上升起，像被一隻無形的手托著，當燒雞從空中落下的時候，只剩下幾根雞骨頭了。

又是一陣怪風，那七支香微微晃了幾下，撒滿灰土的羅盤上，出現了一個字，是個「釋」字。

羅強說道：「在下雖是玄字派門人，可道行太淺，恐怕只能令你老人家失望了。」

七支香「撲」的一下斷了六根，黑暗中傳來一聲冷笑。

羅強急忙說道：「你老人家別生氣，我真的是玄字派的後生小輩。你不知道，你老人家在這裏面已經待了一千多年，大唐早就沒有了，現在是民國。要不這樣，你老人家給我一點啟示，我好按著你老人家的意思去辦！」

羅盤上又陸續出現四個字：天玉方略。

馬長風叫道：「天玉方略，不就是小玉手裏的那卷竹片嗎？」

羅強說道：「馬大哥，實不相瞞，其實那卷天玉方略是我們玄字派的聖書，已經失蹤上千年了，沒想到被小玉她爹得到了。」

馬長風問道：「既然是你們的東西，那你為什麼不直接向她要？」

羅強說道：「她不是說只有三個人才看得懂嗎？她不願意給，我也不能強奪，再說她是大哥的人，我可不能不給大哥面子。更何況聖書是人家從墳墓裏得來的，是人家的東西。不過，我得提醒大哥，盜墓客絕大多數是地字派的門人，玄字派和地字派自古不兩立，要是被其他玄字派門人知曉聖書在小玉手裏，他們一定會來搶的。我一直覺得她爹的死，沒有我們想像的那麼簡單，可能另有原因。」

馬長風說道：「現在不管那麼多了，要不叫個兄弟回去拿？」

有個兄弟自告奮勇回去拿天玉方略。等那個兄弟一走，羅強才對墓神說道：「你老人家稍等片刻，等聖書一到，我會盡最大本事達成你老人家的願望！」

黑暗中傳來幾聲大笑，像是憋了許久許久的壓抑得到釋放。

羅強低聲對馬長風說道：「大哥，小玉說她爹畢生心願就是得到和氏璧，以朱福的能耐，不可能這麼久都找不到。我現在才明白朱福為什麼先要找到天玉方略，才來尋找貴妃墓的原因了。原來他早就知道，沒有天玉方略，就無法過墓神這一關。墓神是玄字派的前輩封印在這裏的，要想解開封印，必須依靠聖書。」

馬長風說道：「在那卷書沒來之前，我們不可能乾等吧，要不我們先找找值錢的東西，等書一到，你再幫墓神解除封印，你看怎麼樣？」

羅強很勉強地說道：「那我試一試！」

他又點燃三支香，在空中劃了一個奇怪的圖案，一道炫目的閃光過後，依稀可見他的身邊有一個人影。

馬長風見羅強的臉上露出痛苦之色，額頭上溢出大顆大顆的汗珠，當下於心不忍，忙說道：「兄弟，萬一不行那就算了，不值得你搭上性命！」

羅強咬著牙說道：「我施展本派的祭祖大法，請出了祖師爺，求祖師爺和墓神商量！」

黑暗中傳來兩個人低聲的嘀咕，只是這聲音顯得又快又亂，誰也聽不清。過了片刻，只見羅強手中的三支香冒起一團火焰，頃刻間將香燒盡。羅強的身體軟軟地倒在地上時，身邊的那個人影也不見了。

馬長風忙上前扶住羅強，問道：「兄弟，你沒事吧？」

羅強虛弱地說道：「大哥，我沒事。墓神已經同意了，不過要我留下陪他，他警告我們，太真殿那邊不歸他管，你們可要注意了！」

馬長風拍了拍羅強的肩膀，說道：「好兄弟，大哥一定記著你的這份情！」

他起身帶著其他的弟兄們，小心翼翼地繞過骸骨堆，往前面走去。

墓室內的空間很大，時不時可見到一個人多高的石雕翁仲，石翁仲的腳邊擺著一些瓶瓶罐罐，有銅的，也有瓷的。一個兄弟以為瓶瓶罐罐會有金子，可打碎了幾個，見散落一地的都是發黑的糧食，有兩個銅罐裏的液體，居然還有很濃的酒味。

就算那裏面裝著上等的美酒，也沒有人敢喝。幾個人在墓室內轉了一個圈，並沒有找到幾樣值錢的東西。

一個兄弟說道：「她是皇帝最喜歡的女人，不可能沒有陪葬的金銀，一定放在棺材的旁邊了，只要找到那口大棺材，我們一定能發財的！」

另一個兄弟附和道：「對，大哥，去找那口大棺材，我們撬開看看，那個楊貴妃究竟有多漂亮！說不定跟地上的那些人一樣，變成幾根爛骨頭了。」

幾個人舉著火把往前走，走了一段路，見前面一排往上去的台階，台階上方有一扇宮門，門楣上面的匾額寫著「太真殿」三個鎏金字。太真是楊貴妃出家時的道號，這裏定是安放楊貴妃棺槨的地方無疑。

馬長風恐怕台階上有機關，招呼弟兄們閃到一邊，找來幾個銅罐子，逐級扔上去。當扔到最上面一級台階時，聽到嘎吱嘎吱的聲音，他立即躲在一旁。但這次卻沒有毒箭射出，兩扇宮門緩緩開啟，裏面有柔和的金黃色光線射出來。

遠遠望去，只見太真殿內，金碧輝煌，宮燈明亮，全然不需要火把照明。只是裏面並沒有巨大的棺槨，倒是有一張供桌，供桌上擺著一尊神像，那神像卻不是女人，而是一個穿著官袍，豹頭環眼，鐵面虬鬢，威風凜凜的大黑漢子，赫然就像傳說中的捉鬼大神鍾馗。

傳說鍾馗被唐玄宗封為「賜福鎮宅聖君」後，由吳道子繪成《鍾馗賜福鎮宅圖》懸於宮庭大內楊貴妃臥內，宮內盛傳「賜福鎮宅，唯真鍾馗」、「鍾馗真神顯，送來福祿壽禧安」，為祈福佑安，楊貴妃日日虔誠膜拜，檀香氤氳繚繞。整日面對相貌奇異，才華橫溢、滿腹經綸，正氣浩然，剛直不阿，待人正直，肝膽相照的鍾馗畫像，貴妃不由日久生情，將鍾馗視同自己唯一的知音，時常與鍾馗傾訴衷腸，將心中的悲喜說與鍾馗，還為鍾馗彈琵琶，跳歌舞《霓裳羽衣曲》，設酒宴。由於有真神鍾馗相伴，楊貴妃氣定神閑，無牽無掛，日漸豐滿。

有一天，天降大雨，楊貴妃又禱念起來，這時只見空中一道電閃雷鳴，鍾馗顯聖道「皇之妃，鎮鍾馗，莫妄為！」鏗鏗作響，貴妃幡然悔悟，跪拜謝神。自此以後，貴妃更加敬重鍾馗，稱鍾馗為「正人真君」，從此一心事皇，再無二心。為了報答唐玄宗與楊貴妃的知遇之恩，後來鍾馗托夢給周至縣尉白居易，為紅顏知己寫下了千古絕唱《長恨歌》。

傳說歸傳說，想不到唐玄宗居然請鍾馗的神像守護楊貴妃的陵寢，難怪外面的墓神管不到這裏。

馬長風不敢大意，招呼弟兄們到宮門前，朝鍾馗神像拜了下去。只聽一個雷鳴般的聲音從裏面傳出來：「爾等鼠輩，竟敢冒犯太真！趕快原路返回，饒爾等不死！」

聲音在墓室內迴盪，震得馬長風等眾弟兄渾身發麻，不由自主的退下台階。有一個兄弟嚇得趺爬在地，哭道：「大哥，我們回去吧！二哥說過，這裏面太邪，只怕我們沒有撈到財，反倒將命丟在這裏了！」

馬長風本是桀驁不馴之人，生性膽大，聽那個兄弟一哭，頓時激發了他的野性，吼道：「區區一尊神像，能把我們怎麼樣？」

說完，衝到太真殿門口，朝那尊神像抬手就是一梭子，槍聲過後，裏面出現了火光，只見那尊鍾馗的神像居然不見了，一幅飄搖著的鍾馗畫像燃燒著掉向地面。只聽得太真殿裏一聲長長地歎息，所有宮燈都滅了，只剩下馬長風弟兄們手裏的火把依然晃動著。

馬長風哈哈笑道：「原來鬼也怕惡人！兄弟們，跟我進去！」

那些兄弟跟著馬長風進了太真殿，大殿兩側的角落裏堆放著不少金銀玉器，還有一匹匹的絲綢。他們張開隨身帶來的大袋子，把那些值錢的東西往裏面裝。

馬長風叮囑道：「別急，兄弟們，要是碰破一點，就不值錢了！」

殿後方有光線一閃，他見那邊還有一條通道，便大著膽子走過去。通道的前方有一抹柔和的光線，像是指引著他。

他情不自禁地追尋著那道光線往前走，卻不知道自己的身體開始漂浮起來，雖然每一步都朝前走著，但腳下距離地面足有半尺高。

過了通道，一條雕花走廊，走廊兩邊鮮花綻放，依稀之間還聽到鳥鳴聲。

馬長風幾乎驚呆了，想不到在這墓室內，居然還有這麼一個神仙般的去處？在走廊的盡頭，有一個很大的水池，水池內熱氣騰騰。水汽升到空中，形成如夢如幻的七彩祥雲。

他不禁問自己：這是什麼地方，我怎麼會來了這裏？

他緩緩走到水池邊，見水池左邊的一塊岩石上，刻著「華清池」三個大字。

「華清池」不就是唐玄宗和楊貴妃洗浴的溫泉嗎？怎麼會在這裏呢？

一陣微風吹來，吹亂了水面上的水汽，赫然見到水池裏安詳地躺著一個豐滿的唐裝美人，這個美人約三十多歲的樣子，鬢髮如雲，肌膚如脂，栩栩如生，嬌豔動人。

馬長風懷疑自己是在做夢，他咬了一下嘴唇，很疼。

這不是夢，是現實！

那睡在水裏的唐裝美人，難道就是楊貴妃？

唐裝美人的雙手很自然地放在胸口，眼睛緊閉著，就像睡熟了一般。在她的腹部，有一塊放射出五色毫光的黑色石頭。

馬長風想起小玉說過的話，心道：難道那塊黑色石頭，就是傳說中的和氏璧？可和氏璧不是已經被雕琢成了傳國玉璽了嗎？怎麼還是一塊完整的石頭呢？

不管那塊黑石頭是不是和氏璧，也不管和氏璧有沒有變成傳國玉璽。池子裏那位栩栩如生的美人，足以證明那塊石頭是寶物。

池子裏的水有些燙，躺在這樣的池水裏泡澡，未嘗不是人世間最美的享受。他管不了那麼多，將手槍插到腰間，下到池子裏，幾步來到那美人身邊，伸手拿起那塊黑色的石頭。

他看了一眼面前的美人，正想用手去撫摸那張嬌媚如桃花的臉，卻只見那張臉迅速腐爛，臉頰兩邊的肌肉很快消失不見，露出了白森森的骨頭來。

他嚇了一大跳，幾步竄到水池邊，剛要跳上岸，可腳下一陣亂晃，轟隆隆的聲音不知道從哪裏傳來，扭頭看時，水面上已經不見了那具屍體的蹤影。

馬長風暗叫道：不好！

猶如天崩地裂，眾人都掉了下去。

只覺得水下有一股很大的吸力，將他瞬間吸了下去……

沒有屍體和血跡，就表明以前走過的人，並沒有遇到機關。儘管如此，走在青石板路面上的時候，苗君儒還是非常的小心。

在那塊放有骷髏頭，寫著：擅入者死的石碑前，他們見到了幾段人體的殘肢。那個兄弟用顫抖的聲音說道：「是狗溜子，沒想到他死得這麼慘！」

沒有其他人的屍體。

小玉說道：「苗教授，你小心點，那些磚塊上可能有機關！」

她打開那卷天玉經，仔細看著上面的文字。

不用小玉提醒，苗君儒也看出來了。他蹲下身子，將手電筒朝方磚上斜著照過去，片刻後，他朝程大峰說道：「你們小心點，跟著我的腳印走！」

人走過的地方，都會留下痕跡。他已經看出，每一排方磚上，都有其中一塊方磚被人踩過。

小玉也說道：「苗教授，刻有六一三七這四個數字的方磚，是安全的！」

程大峰望著小玉，問道：「你看這卷竹簡，就能破解機關？」

小玉說道：「天玉經中稱，上大道而知冥，陰佑族人者，需天地人合一……」

苗君儒接口道：「主神器，犯煞之，防盜之術，物以機關相助，而不為所之……」

小玉驚道：「苗教授，你怎麼知道天玉經裏面的內容？」

程大峰笑道：「只要被苗教授看過的文章，他都能記得住，在石屋裏的時候，他已經看過你手裏的經書了，所以不用帶在身邊。」

小玉說道：「我爹說過，大凡過去帝王將相王公貴族的墓葬，都是玄字派前輩修造的，裏面的機關不外乎幾種，而機關數字，與墓主有著很大的關係。稱為生時死年，楊貴妃生於六月初一，死時三十七歲。所以我猜測應該是六一三七。」

程大峰說道：「你只是猜測而已，苗教授仔細查看磚塊上的痕跡，就知道哪些是安全了的！走過的那撥人裏面有一個高手，否則他們過不去！」

他們說話的時候，見苗君儒腳踩著方磚，已經安然無恙地走了好幾排，程大峰隨即跟了過去，小玉和那個兄弟跟在後面。

走到通道的盡頭，見到那圓拱形的宮門，宮門前躺著兩具皮膚烏黑的屍體。小玉認出正是跟隨馬長風一同尋找墓葬的人，她正要說話，卻聽到一陣轟隆隆的聲音，腳下也一陣晃悠。

宮門內有燈光一閃，跑出來一個人，卻是羅強。

羅強一看到他們，臉上微微一驚，問道：「你們怎麼也下來了？」

隨著震動，他們的頭頂不斷有灰屑和碎石往下落。

小玉問道：「馬大哥呢？」

羅強說道：「在裏面呢！不知道哪位兄弟觸發了機關，這地方要塌了，快走吧，再不走就來不及了！」

小玉衝到宮門下，喊道：「不行，我要去救馬大哥！」

羅強看到小玉手裏的天玉方略，叫道：「嫂子，快把天玉方略給我，我和墓神有契約，要用天玉方略替他超脫，如果我違誓，會折壽的！」

小玉喊道：「幫我救出馬大哥，我就把書給你！」

幾塊稍大一點的石塊落在眾人的腳邊，情況萬分緊急，苗君儒對程大峰叫道：「趕快退出去，記著剛才走過的磚塊，千萬不要踩錯了！」

那個兄弟一聽，趕緊往回走，可沒走兩步，踩在一塊刻著八字的方磚上，刀光一閃，人還沒來及發出慘叫，便斷為幾截，鮮血噴到程大峰的臉上。

程大峰不敢大意，憋著呼吸照著原路往回走。

小玉一手拿著天玉方略，一手持著火把，朝裏面喊道：「馬大哥！」

回答她的，只有轟隆隆的巨響。

羅強趁小玉不備，正要去搶天玉方略，卻見她往後閃了一閃，那卷竹簡從手上掉落，滾到台階下面去了。

羅強想要衝下台階，可頂頭幾塊大條石落下來，堵住了去路，與此同時，拱門洞下一陣劇烈的晃動，兩扇石門緩緩關閉。

苗君儒一個箭步上前，右手掌擊向小玉的後頸，頓時將她打暈。他背起她，朝羅強說道：「趕快走！否則都要死在這裏！」

第四章

遠古奇石

苗君儒對馬長風說出「石王」這兩個字時，
所有人的眼中都露出失望和疑惑。
也許他們並不知道，
這塊石頭比和氏璧不知要珍貴千萬倍。
在他們的眼中，這只是一塊
比普通石頭值錢一點的石王罷了，連古玉都不如。

太陽光從樹葉之間的縫隙照下來，照在水潭邊馬長風的身上。

這個水潭叫回龍潭，潭水很深，當地的老人說，水潭下面通著東海。咸豐年間的時候，當地大旱，三年都沒有下雨，可這水潭裏的水硬是沒見少。正是這個水潭，救了方圓百里的老百姓，有一個能在水下憋一天一夜的人，仗著自己水性好，身上綁著繩索潛下去，眼見著那繩索下去了幾十丈，還是不見底。潭邊扯著繩索的人覺得手底一鬆，扯起來一看，人沒了。

老人們說，那是被龍王請去了。

從那以後，再也沒有人敢下去。

馬長風就躺在水潭邊的淺水裏，他的眼睛緊閉著，手裏緊緊抱著那塊黑色的石頭。黑色石頭在陽光的映射下，漾出一道道美麗而炫目的七彩光環。

不知道過了多久，馬長風睜開眼睛，發覺自己居然還活著，他一步步走上岸，坐在水潭邊的一塊巨石上，腦海中回想起在墓穴裏面發生的事。想不到手下弟兄全死在裏面，他心如刀割，望著水潭裏那黑黝黝的潭水，真希望水下面還能再冒出一兩個活人出來。他又看著手裏的石頭，死了那麼多兄弟，就換回來了這塊東西。小玉說她爹畢生要尋找的寶貝，可能就是這塊東西。

他望著潭水，心中說道：兄弟們，不是做大哥的不想救你們出來，大哥的這條命也是撿回來的，只希望這件東西能賣個好價錢，到時多分給你們的家裏人，也算對得起你們了。

他休息了一會兒，用衣服包起那塊石頭，認清了方向，起身朝山上走去。

走了大半天，來到小玉居住的石屋，見石屋前站了幾個人，都是他留在山上的兄弟。

一個兄弟上前說道：「大哥，你終於回來了！怎麼就你一個人，其他兄弟呢？」

馬長風沉痛地說道：「除了我之外，一個都沒活著出來！」他拍了拍手中的包裹，接著說道：「這件寶貝是我帶出來的，希望能賣個好價錢，總算對得起死去的兄弟！你們怎麼在外頭，屋裏沒人麼？」

那個兄弟說道：「昨天晚上我們幾個躲在樹林裏，看著幾個人過來，嫂子不讓我們跟著她，說是要單獨會會那個什麼教授。沒多一會兒，嫂子帶著兩個人來這裏，其餘的人繼續往前去了。我們見嫂子沒有發信號，也不敢動手。天亮的時候，我們來這裏見嫂子，可屋子裏一直沒人。我們擔心會出什麼意外，只叫了兩個兄弟去周圍的山上找，其他的人都在這裏等著。」

馬長風想起在墓室裏的時候，要一個兄弟回來拿天玉方略的，若是小玉放心不下他，要那個兄弟帶著她和苗教授去到洞裏，那可就麻煩了。想到這裏，他連忙說道：「留一個兄弟在這裏守著，其他人跟我來！」

當他帶著幾個兄弟來到那處小山時，只見原本如饅頭一般光禿禿的山頂，整個都平了，那處炸開的洞口，早已經消失不見了。

他的心頓時像被抽空了一般，身體無力地癱軟在地。

且說苗君儒背著小玉，和程大峰一起爬出洞口，他們不敢在洞口停留，順著山道往前跑，沒跑出多遠，只聽得背後一聲震天巨響，回身望時，卻見整個山頭陷了下去。

苗君儒有些惋惜地說道：「可惜了那卷天玉方略，是研究秦朝風水堪輿的最好佐證和資料呢！」

程大峰說道：「苗教授，下面不塌，說不定我們會有很大的考古發現，真是太可惜了！」

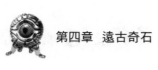

就在兩人都覺得可惜的時候，羅強在他們身後說道：「請把她交給我！」

小玉還沒有醒過來，苗君儒說道：「等她醒過來後，如果她願意跟你走，我們沒有意見！」

羅強拔出手槍，冷冷地說道：「如果我要強行把她帶走呢？」

苗君儒若無其事地微笑道：「就憑你一個人的力氣，背著她行走山路，不覺得累嗎？」

羅強把手槍晃了一晃，說道：「我大哥就是因為她才喪命的，她是我大哥的女人，按我道上的規矩，無論生死都得陪著大哥。不過，在送她去見大哥之前，我有幾句話想問她！」

就在這時，小玉在苗君儒的背上悠悠地醒了過來，她有些虛弱地說道：「苗教授，請放我下來！」

程大峰對小玉說道：「他說你是他大哥的女人，現在他大哥被埋在下面了，他想……」

羅強冷冷地說道：「嫂子，別怪做兄弟的無情，這是道上的規矩，也算作兄弟的幫大哥圓一個夢，大哥在那邊，不能沒有女人照顧！」

小玉悲戚地望著已經坍塌的山頂，眼中含淚道：「我就說等見到苗教授，再一起來尋找貴妃墓葬，可是你偏不聽，若不是馬大哥信任你，他也不會……」

羅強說道：「事情都已經發生了，現在說什麼都沒用。大哥那麼喜歡你，你居然對他有所隱瞞。告訴我，你和董團長之間，到底是什麼關係？你爹到底死在誰的手裏？」

小玉的眼中閃現一抹不易讓人察覺的驚慌，說道：「你在馬大哥手下那麼久，難道就沒有對他有所隱瞞？」

羅強說道：「我跟著大哥在江湖上混了六年，無數次出生入死，我可沒有做對不起他的事！」

小玉說道：「不錯，你是六年前才跟著馬大哥的，名字叫羅強，我想問你，還記得那個叫半指仙的人嗎？」

羅強的臉上掠過一抹不可思議的神色，問道：「你是怎麼知道的？你究竟還知道多少？」

苗君儒也是微微一驚，半指仙是臨潼一帶最出名的風水先生，此人看風水堪稱一絕，被其看過風水的人無不轉運，該升官的升官，該發財的發財。由於名氣太大，請他看風水的絡繹不絕，可是此人有一個怪癖，好酒好色，整日喝得醉醺醺的，留戀於花街柳巷，還四處勾引別人家的媳婦，此人一生未娶，收養一個孤兒當義子。

半指仙義子長大後，為義子娶了一房媳婦，孰料婚後三天，半指仙和兒媳婦渾身赤裸地死在房間裏，義子從此失蹤。由於半指仙生性風流，有人懷疑其與兒媳婦有染，才被義子捉姦後當場被殺！這樁命案當時在臨潼引起了轟動，他當時也在臨潼考古，所以聽說過。

小玉緩緩說道：「玄字派與地字派自古不兩立，但我爹和別人不同。他雖然是地字派的人，可與玄字派的幾個前輩交情匪淺。七年前，我爹帶著我經過臨潼，見了半指仙一面。半指仙告訴我爹，說他破解了楊筠松《天玉經》裏的最大玄機，就是以陽制陰，顛倒陰陽乾坤，如果能夠找到秦代李斯的《天玉方略》，就能與陰魂對話，並能於千里之外勾人魂魄……」

羅強打斷了小玉的話，說道：「我本想問你幾個問題，沒想到卻被你問。你能夠控制大哥，說明你的手段不簡單。你還沒有回答我的問題呢！」

小玉說道：「你可別小看了董團長身邊的那位宋師爺，他可是地字派的人，當年孫殿英缺乏軍餉盜挖東陵時，若不是他幫忙，孫殿英根本進不了墓室。事後孫殿英想殺他滅口，卻給他逃脫了。他不知道怎麼打探到我爹在興平的落腳之處，利用董團長的勢力逼我爹和他合作，想挖開昭陵。

「董團長看上了我，要我做姨太太，保我終身榮華富貴，我不答應，他們把我軟禁起來。他們給了我爹兩個條件，一是幫他們盜挖昭陵，二是做董團長的岳父。那天你和馬大哥去救我，是他們給我爹最後的期限。其實我也想知道，我爹究竟是被什麼人害死的。我答應了馬大哥，如果他能替我爹報仇，我就跟他！」

羅強似乎不相信小玉說的話，問道：「就這麼簡單？」

小玉說道：「是的，就這麼簡單。現在輪到你回答我了，為什麼要殺你的義父，為什麼要改名換姓投身土匪？」

羅強得意地笑了一陣，說道：「是的，我是那個死老頭子養大的，可是沒有人知道，每次他喝酒喝醉之後，就拿我當出氣筒，把我往死裏揍。你們無法體會那種從小被人打到大的感覺……」

羅強一把撕開胸前的衣服，露出身上的傷疤，接著說道：「看到沒有，我身上的這些傷疤，都是他留給我的，我對他沒有感恩，只有恨，那種滲透到骨子裏的恨！」

羅強長長歎了一口氣，一臉感傷地繼續說道：「為了能夠學到他的本事，我只有忍，一直忍到二十多歲。我怎麼都沒有想到，那個老傢伙只教給我一點皮毛，每次跟他出去幫人家看風水，要我做一些下人幹的活，好在我機靈，偷偷學到一些本事。他為我娶媳婦，卻不讓我跟媳婦同房，說保留處子之身，今後有大用處。我只能眼睜睜的看著他跟那個女人同房。

「有天晚上我偷聽到他對那個女人說，他要一個朋友去尋找天玉方略，只要能找到天玉方略，用我祭了神，他就是一個能夠行走陰陽兩界的人，能顛倒乾坤，取人魂魄於千里之外，奪人性命易如反掌。我萬萬沒有想到，他養我的目的，原來是為了有朝一日給他祭神。我一怒之下，衝進去殺了他和那個已經不屬於我的女人，並拿走了他的那本天玉經。

「門派中人都以為我拿走的那本天玉經上，有他記載的風水絕密，所以不斷有人追殺我。我不得已逃到川康一帶，當我餓得快要死的時候，是大哥救了我，於是我改名換姓跟了大哥。我想知道，你是怎麼知道我身分的？」

小玉說道：「當我跪在我爹的墳前，說出我爹的名字時，我就覺得你的表情與其他人不一樣。你別忘了，七年前，我還是十幾歲時，我爹帶著我去過半指仙的家，我見過那個二十多歲，從來不說話，但是右邊眉角有處傷疤的人。」

羅強下意識地摸了摸右邊眉角的傷疤，說道：「於是你懷疑我就是半指仙的義子？」

小玉說道：「我爹說過，天玉經有很多本，但半指仙的義子帶走的天玉經裏面，有半指仙研究風水的畢生心血，還有大唐皇陵的機關圖。其實我爹也一直在找你，半年前，我爹聽說有人盜挖昭陵被官兵發覺，就留意上這件事，他想找到那批人，可沒有找到。當我見到你之後，就肯定你是我爹要找的人。這幾個月來，你幾次想從我手裏搶走天玉方略，可你有所顧忌，是不是？」

羅強點了點頭，說道：「我雖然拿走了半指仙的天玉經，可看不懂他留在書上的那些文字是什麼意思。我只不過是一個不入流的風水師罷了，所以無數人夢寐以求的天玉方略，對我來說，並沒有多大的吸引力。馬大哥是我最敬重的人，看在他的面子上，我不敢對你怎麼樣！

「在墓室內，我之所以要搶你的天玉方略，是因為我和墓神有了協議，必須用天玉方略，才能解開玄字派前輩高人的封印，將墓神釋放出來。我那麼做，也是迫不得已。就拿現在來說，我不願傷害另外兩位的性命。時逢亂世，讓你一個弱女子活在世上，馬大哥在九泉之下也是不安心的，最好的辦法，就是去陪伴他！」

聽到這裏，苗君儒終於說話了：「我以為你是個居心叵測的小人，原來你還是一個有血性的男人。俗話說，好死不如賴活著，她雖然是一介女流，但誰都無法剝奪她活著的權力。雖然那邊塌了，但你怎麼肯定那個馬大哥一定死了？在石屋那裏的時候，她對我說過，她會相面，你的那個馬大哥有驚無險。」

羅強大聲道：「那地方全部坍塌了，他怎麼可能還活著？」

程大峰指著遠處說道：「那邊有人來了！」

遠處的山道上出現一溜人影，看樣子是朝這邊過來的，待那些人走近了些，才看清是穿著米黃色軍服的國軍隊伍，領頭的兩個人騎在馬上，走得還挺急。用不了多久，他們就會來到這裏。

苗君儒望著羅強說道：「我向一位道士學過招魂術，如果人死了，就一定能招得到魂。我們不妨先找個地方，讓我替你大哥招魂，如果確認他死了，你再作打算也不遲！」

羅強說道：「好，我就聽你一言，先找個地方再說。你是聰明人，千萬不要做傻事，按我說的去做就行，走吧，還等什麼？」

他們並沒有照來時的路往回走，而是按羅強的意思，朝另一條路走去。來到一棵大樹下時，程大峰趁羅強不注意時，突然以極快的身法向他撲去。

羅強的反應並不慢，調轉槍口朝程大峰扣動拿了扳機，於此同時，他的肋下一陣劇痛，原來苗君儒不知何時已經到了他身邊，一拳擊中他的肋下。

他的身子飛了起來，槍響時，子彈射在那棵大樹的樹幹上。他以為一個當教授的人，即便常年在野外生活，充其量體力好一點，可沒想到的是，不單是苗君儒，就連那個叫程大峰的年輕人，都是武術高手。

他落在樹叢中，心知肋骨斷了兩三根。當他吃力地從樹叢中爬起身，抓著手槍要報仇時，山道上哪裏還見那三個人的身影？

遠處的國軍隊伍聽到槍聲，向這邊快速包抄了過來。

羅強恨恨地往地上啐了一口帶血的唾沫，忍著痛朝樹林中鑽了進去。

苗君儒一拳擊飛羅強之後，並未上前下死手。畢竟羅強手中的槍，令他多少有些顧忌，更何況羅強是一個有血性的男人，並不是罪大惡極的土匪。得饒人處且饒人，這是他的做人準則。

那一拳得手之後，他拉起小玉的手，在山道上飛奔起來，跑了一段路，轉身看看後面，羅強並沒有追上來。

程大峰喘著氣說道：「苗教授，多虧你那一拳，要不然我就躺那了！」

三個人所站的地方是一處斷崖，有條山道經過斷崖，向另一邊延伸。小玉站在崖邊，望著遠處連綿起伏的山峰，目光有些迷離，臉色悲愴。

苗君儒站在她的身後，低聲問道：「你在想什麼？」

小玉頭也不回地問道：「苗教授，你真的會招魂？」

苗君儒笑道：「那是騙他的，我想轉移他的注意力，和我的學生聯手制服他。可是他很警覺，到了那棵大樹下，才找到機會動手！」

小玉說道：「這麼說，馬大哥他……」

苗君儒問道：「你不是會相面，說他有驚無險的嗎？」

小玉悽楚地一笑，說道：「我那時還沒確定你是不是苗教授，騙你的。我一個女人家，哪有那種本事呢？馬大哥死了，沒有人幫我報仇，我……」

她的話還沒有說完，身體朝前一躍，往斷崖下撲去。

苗君儒已經從她的話中捕捉到了不祥的預感，見她朝崖下跳，說時遲那時快，解開腰帶飛速擲出。

黑色的腰帶像一條靈蛇，在空中筆直飄過，準確地纏在小玉那纖細的腰上。他的手一提一甩，將小玉甩了上來。

程大峰上前扶起小玉，問道：「姐姐，你為什麼要跳崖？沒有了你的馬大哥，我也可以替你報仇的！」

小玉苦笑道：「你還是一個小孩子，你不懂的！」她轉向苗君儒，問道：「為什麼要救我？」

苗君儒說道：「我是不會招魂，可是有人會。我認識咸陽朝天觀的觀主，他法術高強。我們可以去找他，如果確認你的馬大哥已經不在人世，你再殉情也不遲。萬一他命大沒死，而你卻已經跳崖，豈不是人世間的一大悲劇？」

程大峰問道：「我們不去和藤老闆他們會合嗎？」

苗君儒微笑道：「就讓他們等我幾天！」

馬長風帶著兄弟們返回石屋，得知小玉並沒有回來，倒是羅強回來了。羅強的肋下斷了三根肋骨，見到馬長風之後，哭著將發生的經過說了。他一聽小玉沒事，遂放下心來，對於羅強要殺小玉的事，也沒有去追究。

他立即派出幾個人，聯絡其他的兄弟，並四處尋找小玉和苗君儒的行蹤。尋找行人經過的蹤跡，那是土匪的專長。

自從救了小玉之後，馬長風擔心遭到董團長的報復，便把隊伍分散在幾處地方，一來可以觀察官兵的動靜，二來即便被打散一部分，也不至於元氣大傷。

不一會兒，一個叫二虎的兄弟來了，除了手下的兄弟外，還帶來了幾個被綁著胳膊蒙著眼的人。

二虎說道：「大哥，我聽說這邊出了事，就帶著人過來了，路上順便抓了幾個『活貨』！」

活貨是他們對人質的稱呼。一般他們抓到人質，弄清人質的身分後，會派一個送信給人質的家裏，按他們開出的條件拿錢贖人，只要過了期限，就會把人質殺掉，不留活口。

馬長風瞟了一眼那幾個人質，不高興地說道：「你現在還有心思搞這個，找個地方把『活貨』㩟了！」

㩟了是土匪的黑話，就是找個沒人的地方，將人質殺掉並埋起來。

二虎叫道：「大哥，別呀！我問過了，那個胖胖的傢伙，是重慶一家古董店的老闆，有的是錢，有兩個是他的夥計，另外的兩個，是什麼考古系的學生，說是跟著他們的老師出來考古的，昨天晚上走散了！要不先留著這個老闆，其他的都帶走㩟了？」

一聽是考古系的學生，馬長風的濃眉一展，說道：「去問問，他們的老師是不是姓苗？」

二虎立馬過去問了，回來後說道：「大哥，你真厲害，他們的老師正是姓苗，叫苗君儒，不僅僅在國內，在國際上都很有名的！」

被蒙住眼睛的藤老闆聽到這邊的談話，急忙喊道：「大爺，大爺，苗教授雖然是我的朋友，可我和他的私人關係並不怎麼樣，如果他有冒犯大爺的地方，我先替他求個情。只要不殺我們，你們開個價，我可以讓西安城裏的朋友給你們送來！」

馬長風說道：「你說你是古董店的老闆，那你一定很識貨嘍？」

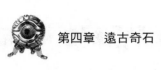

藤老闆說道：「在我們這行裏，靠的就是眼力吃飯。在下十幾歲就在古董店裏當夥計，在行業裏混了幾十年，雖說能看明白幾個貨，可不敢張揚。一山還有一山高，古董行業裏的高手，大有人在，誰都不敢稱大！」

馬長風怒道：「我只問你識不識貨，你說那麼多幹嘛？」

藤老闆連連說道：「慚愧，慚愧！」

馬長風揮了一下手，二虎會意地扯去蒙在藤老闆頭上的黑布，解開繩子，並將他帶了過來。

藤老闆揉了揉被繩索捆得發疼的胳膊，認出馬長風就是那個賣蟠龍帶扣給他的人，忙跪下磕頭道：「大爺饒命，大爺上次去小店賣貨，留下字條說，如果還想要貨，就來這邊找你，我們這不就來了麼？」

馬長風呵呵地笑道：「我們有過一次交情，也算是朋友了，起來說話吧！」

藤老闆爬了起來，連連鞠了幾個躬，說道：「不知大爺有什麼貨色要賣給在下？」

馬長風將手裏的包裹展開，大家頓時覺得眼前一亮，有人禁不住驚歎起來。

羅強驚道：「大哥，你是在哪裏找到的？」

馬長風說道：「我是在一個池子裏的女屍身上發現的。」

羅強說道：「難道這就是朱福要尋找的東西？可是這東西看上去，怎麼都不像傳說中的和氏璧，更不像什麼玉璽！」

藤老闆瞇著眼睛，從馬長風手裏捧起那塊石頭，翻來覆去地端詳了好一陣，口中連連說道：「奇怪，奇怪！」

馬長風說道：「有什麼好奇怪的，你倒給說說呀！」

藤老闆將那塊石頭放到馬長風的包裹上面，搓著手說道：「是一塊寶物！」

二虎拔出手槍頂在藤老闆的頭上，吼道：「連我都知道那是寶物，我大哥讓你看，就是想知道究竟是什麼東西！」

藤老闆說道：「在下經營數家古董商鋪，均以古今玉器為主，見過各種各樣的上等玉石。以在下的本事，只要見到實物，不管是什麼玉，大體能分辨得明白。

「東嶽泰山和八百里秦川盛產的墨玉歷史悠久，但品色抵不上新疆和田的黑碧墨玉。墨玉以全黑為貴，黑如純漆，細如羊脂，乃墨玉中極品。這塊東西顏色漆黑如墨，初看上去與新疆和田的黑碧墨玉極為相似，可仔細一看，其紋理與質地，卻與黑碧墨玉完全不同，也不像另外兩處地方的墨玉。更為奇怪的是，此物入手陰寒刺骨，方才我拿在手裏不過數分鐘，以致兩手因冰涼而麻木了。方才我在端詳的時候，已經用上了分辨玉質的六種方法，可惜都對不上號！」

二虎急道：「你唧唧歪歪說了那麼多，那你倒是說出來，到底是一件什麼東西呀？否則我崩了你！」

藤老板擦了一下額頭上的冷汗，說道：「恕在下才疏學淺，實在看不出那塊東西究竟是何物，你就是殺了我也沒用，在重慶，論起辨玉，若我為第二，沒有人敢當第一。不過……」

馬長風問道：「不過什麼？」

藤老闆說道：「有一個人比我要厲害百倍，他就是苗教授！在重慶，有我們行業內無法看出來的貨色，都求他幫忙看，無論什麼東西，他從未看走眼，真不愧是享有盛名的考古學教授。但是……」

馬長風吼道：「娘的，說話跟便秘一樣不痛快，有什麼話快說吧！」

藤老闆看了一眼身邊拿著槍的二虎，說道：「苗教授為人雖古怪，但最重情重義，如果他知道你們殺了我和他的學生，就是殺了他，他都不會幫你們看的！」

馬長風哈哈笑道：「原來你怕我們殺了你？放心吧，我不殺你，說不定以後我們還會找你做生意呢！」

藤老闆躬著身子說道：「以後只要是大爺的東西，我肯定以最高的價錢買下！」

馬長風正色道：「在沒有找到苗教授之前，還得委屈一下幾位！」

他命人將藤老闆等人關到石屋後面的一處小山洞內，派了兩個兄弟把守著。

沒多久，有消息傳過來說，在山上找到兩男一女的腳印，好像是往西安方向去的。馬長風留羅強在石屋內養傷，其餘的人跟著他，朝那邊追上去。

凌晨的鳥鳴驚醒了苗君儒，昨天三個人順著往北的方向，在山道上走了很久，黃昏的時候，找到一處小山洞，便暫時住了下來。

他跟程大峰說了許多野外考古常識，剛開始這個小夥子聽得滿有味，到後來實在熬不住，迷迷糊糊的睡著了。他起身站在洞外，看著滿天的星斗，想起自己以前的經歷，不禁感慨萬千。

半夜時分，他才回到洞內躺下休息，他是被鳥叫聲驚醒的，那鳥聲淩厲而驚慌。他打了一個激靈，正要起身出去查看，卻見洞口不知道什麼時候站了幾個人，手裏都提著槍。其中有一個人喊道：「大哥，他們在這裏，嫂子也在！」

來人正是馬長風和他的兄弟們，他們順著蹤跡一路追蹤過來，終於追到了這裏。

小玉一睜開眼睛，就看到馬長風站在面前，以為是在夢裏，她咬了一下自己的嘴唇，很疼，剎那間眼淚止不住順頰而來，上前緊緊抱住馬長風，哭道：「馬大哥，我以為你……」

馬長風摟著小玉，說道：「傻丫頭，你馬大哥福大命大，死不了！」

程大峰也被這一對有情人的相遇感動得淚水婆娑，抹了幾下說道：「姐姐，苗教授說得沒錯吧，你要真跳下去，今天就見不著你的馬大哥了！」

小玉見馬長風身後的兄弟仍把槍口對著苗君儒，忙說道：「馬大哥，叫兄弟們把槍放下！要不是苗教授救了我，你們可就見不到我了！」

馬長風把手一擺，弟兄們把槍收了退到洞口，只是仍然成包圍形。他望著面前這個四十多歲，皮膚黝黑但身體健壯的男人，問道：「你就是苗君儒苗教授？」

苗君儒淡定地點了點頭。

馬長風把手一拱，說道：「在下馬長風，江湖人稱馬鷂子，謝謝你救了小玉，不過我還有事想麻煩你！」

「有什麼事儘管說吧，只要我能夠幫的。」苗君儒淡淡地說道。他和土匪打過不少交道，也摸清了土匪的秉性。這年代的土匪，大多是被人生所迫，才不得已走上那條路，並非一個個都是那種不講江湖道義殺人不眨眼的傢伙。與土匪交往，既不能得罪他們，又不能惹上不必要的麻煩。

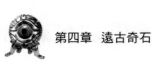

馬長風掏出了那塊石頭，遞給苗君儒，說道：「請你幫忙看看，這究竟是件什麼東西？」

苗君儒接過東西，一看之下大吃一驚，有些激動地問道：「這東西從何而來？」

馬長風也不隱瞞，把發生在墓室裏的事原原本本的說了一遍。苗君儒經歷過很多怪異的事，倒不覺得什麼，只是對墓葬內其餘的東西以及那具女屍的被毀，感到萬分可惜。

苗君儒聽完馬長風的話，並沒有急於說話，仍在仔細看著手裏的石塊，過了好半晌，他才緩緩說道：「原來歷史記載是真的！」

馬長風說道：「苗教授，小玉說她爹一直都在尋找和氏璧，還說和氏璧可能就在楊貴妃的墳墓裏！你可別對我說什麼歷史不歷史的，我是個粗人，我只想知道這究竟是什麼東西？」

苗君儒說道：「既然你不願聽歷史，那我就不說了，我可以告訴你，這塊東西不是和氏璧，叫石王，不僅能使屍體萬年不腐，而且能治百病！」

他望著小玉，接著說道：「我們認識了這麼久，你可從來沒有對我說，你爹究竟是何人。不過，能夠得到那卷天玉方略的，肯定不是普通人！」

馬長風說道：「她爹叫朱福，外號『看山倒』！」

苗君儒笑道：「原來是他呀！難怪能夠得到天玉方略。據說沒有他找不到的墓，也沒有他盜不了墓。我還聽說他盜墓有三大原則：遇風不盜，見陰不起，逢雙不取。幾年前，我和他有過一次相遇，他說那都是江湖中人對他的抬愛，再有本事的人，也有找不到和盜不了的墓。他在哪裏？我倒想和他見一見！」

馬長風說道：「他死了！」

苗君儒的笑容僵在臉上，問道：「是怎麼死的？」

當他聽馬長風說完朱福被官兵殺死的經過，以及小玉說過的那些話時，眼中出現一抹疑惑。朱福只是一個行走江湖且行蹤無定的人，官兵為什麼要追殺他？難道真的是為了他身上的那本天玉方略？若真是衝著那本書而來的，那之後為什麼沒有動靜了呢？他望了一眼低頭沉寂在悲傷中的小玉，覺得她身上有種說不出的詭異，似乎刻意在隱瞞什麼。

他想了一下，問道：「你爹生前對你還說過什麼嗎？」

小玉搖了搖頭。

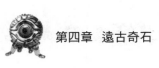

苗君儒略有所思地點了點頭，和氏璧與傳國玉璽究竟是不是為一物，誰都無法定論，小玉為什麼那麼肯定為兩件東西？如果朱福畢生尋找的東西就是這塊石王，以他的本事，能夠得到天玉方略，不可能進不了楊貴妃的墳墓。石王與和氏璧之間孰最珍貴，那要看在什麼人的手裏。

苗君儒可以肯定，朱福苦苦尋找的東西，就是他手裏的這塊石王。方才他對馬長風說出「石王」這兩個字時，所有人的眼中都露出失望和疑惑。也許他們並不知道，這塊石頭對於某些人而言，比和氏璧不知要珍貴千萬倍。在他們的眼中，或許只是一塊比普通石頭值錢一點的石王罷了，連古玉都不如。小玉既然是朱福的女兒，不可能不知道石王的真正價值，她沒有說的，他自然不會輕易說出來。

馬長風問道：「苗教授，這塊石王值錢嗎？」

苗君儒說道：「萬金難求！」

馬長風說道：「我不要萬金，只要十萬大洋就行！」

苗君儒說道：「沒問題，我會幫你找一個老闆買下來的。」

馬長風笑道：「小玉讓我送一塊蟠龍玉帶扣去重慶賣，並留下地址，說是你一定會來。誰料到不但你來了，連那家古董店的老闆也來了。他和你的另外幾個學生在我那裏做客呢。暫時在石屋後面的一個小山洞裏，你放心，我不會傷害他們的！」

苗君儒微微一怔，想不到他就像魚一樣，被人用一塊蟠龍玉帶扣引了過來，而那個放下誘餌的人，卻是一個看上去弱不禁風的女人。

從見到小玉的那一刻開始，他就知道她是一個很有心計的女人。

他微笑道：「其實我早就想來這邊考古，只是由於經費不足而未能成行，這次全仗著藤老闆支持，才帶著幾個學生過來。我想稱你為馬兄弟，你不介意吧？」

馬長風呵呵笑道：「你一個堂堂的教授，能稱我這個當土匪為兄弟，那是我的榮幸，我怎麼會介意呢？」

苗君儒說道：「請恕我直言，只怕馬兄弟的行蹤，都已在別人的控制之下。」

馬長風的臉色一變，問道：「你這是什麼意思？」

苗君儒說道：「沒什麼意思！我只是覺得你這塊石王來得太容易！」

馬長風有些生氣地說道：「還來得太容易？死了我那麼多兄弟，連我都差點被埋在裏面！」

苗君儒說道：「那只是你的想法。按我的推斷，一個真正機關重重的墓葬，絕對不可能那麼容易進去！不要說你們那點人，就是再多十倍的人，也沒用。當年孫殿英盜挖東陵，即便有高人相助，也有一百多人喪命在裏面。」

馬長風想了一下，覺得苗君儒的話似乎有些道理，從找到墓葬到進入墓葬，

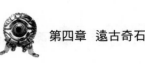

雖說也遇到了機關，死了一些人，但整件事確實有值得懷疑的地方。

他想起了一個人，羅強。

是羅強帶著他們找到那個洞口，也是他破解了磚塊上的機關和石門的機關，當其他兄弟都死在裏面的時候，只有他活著出來了。他一直說自己是個半吊子風水先生，可在墓室裏的時候，居然可以與墓神對話。那本事可不是一個普通的風水先生能辦到的。

想到這裏，馬長風一震，對二虎說道：「趕快回去！」

他並沒有想到，就在他與苗君儒說話的時候，小玉住過的石屋，已經被大批官兵包圍了。

第五章

石王的傳說

由於石王的神奇，
任何一個皇帝，都極力不讓外人知道，
而後世有關石王記載的書籍，更是少之又少，
只有一些方士的著作裏，才能見到它的影子。
到了唐代，就連皇帝身邊的大臣，
都不一定知道石王的存在。

馬長風帶著手下的兄弟趕到石屋，見石屋前立了一根兩米多高的木樁子，樁子旁邊放著兩具屍體，正是他留在石屋後面看守藤老闆的那兩個兄弟。而綁在樁子上的那個人，卻是留在石屋養傷的羅強。還沒等馬長風反應過來，就見石屋周圍的山林中，陸續站出了一個個的人來。

都是穿著土黃色軍裝的正規軍隊。

一排排槍口瞄準了他們，有步槍，也有機槍，更有仰頭朝天的小鋼炮。

二虎向羅強衝過來，可他還沒跑幾步，一梭子彈射在他面前的地方，打得土屑四濺，他嚇得站立在那裏，再也不敢亂動了。

董團長就站在較高的小山頭上，居高臨下地望著馬長風他們。在他的身邊，除了宋師爺外，還有兩個營長和幾挺機槍。

只需他一聲令下，馬長風他們那二十幾個人，瞬間就會被子彈打成篩子。

他大聲喊道：「馬鷂子，你對我不仁，搶走我的女人，可我呢，不能對你不義，是吧？」

馬長風大聲道：「姓董的，有本事衝著我一個人來，別為難我的兄弟！」

董團長笑道：「你那條命，在我的眼裏連隻螞蟻都不如，隨時都可以拿走。

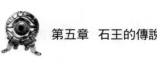

你不是想救你的兄弟嗎？行，咱們談個條件！」

以眼下的情勢，馬長風根本沒有討價還價的餘地，他只得道：「有什麼條件，請說吧！」

董團長笑道：「留下你手上的那塊石頭，還有你身邊的女人，帶著你的人離開陝西，從哪裏來的滾回哪裏去！」

董團長的話才剛說完，小玉就拉著馬長風的手，低聲哀求道：「馬大哥，不要丟下我！」

馬長風低聲安慰道：「放心吧，馬大哥不會把你送給他的！」

宋師爺帶著幾個士兵走了下來，來到馬長風的面前，冷冷地說道：「馬鷂子，你是敬酒不吃吃罰酒，你以為憑你這幾十號人，就能跟團長鬥嗎？」

苗君儒望著宋師爺，感覺此人似乎在哪裏見過，只是一時間想不起來，他見宋師爺伸手去拿馬長風手裏的石王，便上前一步，問道：「這位先生，我想請教一下，你知道這塊石頭是什麼嗎？」

宋師爺瞟了苗君儒一眼，說道：「我沒有看錯的話，你就是從重慶過來的苗君儒苗教授吧？在下姓宋，是董團長身邊的人。」

就算宋師爺不介紹自己，苗君儒也能從對方的衣著打扮，看出對方的身分來。此人並沒有回答他的問題，而是將話題岔開，短短的一兩句話，兩人就已經交了一次鋒。儘管如此，他已經斷定這個姓宋的人，並不是一個簡單的人物。衝著石王來的人，難道還不知道石王的真正價值嗎？他微笑道：「宋先生，難道你肯定拿到手的是真的嗎？」

宋師爺頓時臉色一變，問道：「難道石王還有真假？」

苗君儒大致摸清了宋師爺的底細，當下笑道：「想必宋先生對石王的歷史，瞭解得還不夠呀！」

宋師爺的臉色頓時變得煞白，有些惡狠狠地說道：「姓苗的，別仗著你是考古學教授，就敢在我的面前賣弄。」

苗君儒看了看四周，說道：「我的命都捏在你們的手裏，怎麼敢賣弄呢？我只是提醒你，別拿贗品當真貨！」

宋師爺問道：「你怎麼知道這是假的？」

苗君儒說道：「是真是假，驗證一下就知道了！」

宋師爺問道：「如何驗證？」

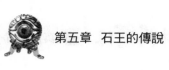

苗君儒說道：「我雖然知道幾種驗證石王真假的方法，可現在不是時候，得等到半夜才行。你們團長不是要馬鷂子留下石頭和女人嗎？再加上我一個，應該沒有關係吧？」

宋師爺笑道：「別人想走都走不了，你倒好，主動要求留下。行，這事我做主了，你和這個女人一同留下吧。不過我有些想不明白，你為什麼要幫我？」

姓宋的果然有心計，處處都防著別人。苗君儒笑道：「宋先生，別忘了我是考古學教授，我的職業就是弄清歷史真相。我何曾不想知道，歷史上有關石王的傳說，是真是假，為什麼在唐代之後的典籍中，再也找不到有關石王的記載呢？」

宋師爺從馬長風的手裏奪過包裹，打開看了一下，朝苗君儒笑道：「苗教授，我一定滿足你的願望。」

兩個士兵從馬長風身邊帶走小玉的時候，他兩眼冒火，右手伸到腰間去摸槍，被苗君儒一把抓住。

苗君儒低聲說道：「馬兄弟，在這種情況下動粗，只有死路一條，留得青山在，不愁沒柴燒。有我在，還怕救不出她嗎？」

馬長風看著小玉那不捨的腳步和哀怨的眼神，氣得一跺腳，將一塊小石頭硬生生踩裂。

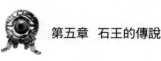

程大峰說道：「苗教授，我怎麼辦？」

苗君儒笑道：「你就暫時跟著馬兄弟吧，如果遇到藤老闆，就說我去董團長那裏做客，很快就會回來的。」

他跟著宋師爺一起，來到董團長身邊，經宋師爺介紹後，董團長朝他和氣地說道：「苗教授，那就勞煩你幫忙了！」

苗君儒怎麼都沒有想到，董團長好像還是一個講信用的人。這年頭的很多人都心狠手辣，為了個人的利益，把道義拋擲腦後，對於那些沒有了利用價值但卻有潛在威脅的人，都會斬草除根。他之所以跟著宋師爺一起走到董團長身邊，就是預防董團長過河拆橋，如果董團長下令開槍，他會不顧一切地挾持董團長，讓馬長風帶著人安全離去。

苗君儒跟著董團長一行來到興平城，被安置在團部的一間小屋裏，門口還留了幾個士兵。小玉不知道被帶到什麼地方去了，除了暫時失去人身自由外，應該沒有危險。

他並沒有打算逃走，如果他想逃走的話，就憑門口的那幾個人，是怎麼都攔不住他的。

沒多一會兒，有人送進來一盤酒菜。他剛吃完酒菜，宋師爺推門進來了，拱手笑道：「苗教授，讓你久等了！董團長特地要我過來請你！」

既來之則安之，苗君儒跟著宋師爺來到一間大堂屋內，見裏面除了董團長外，還有一個人，居然就是他之前在西安萬福齋見過的劉水財劉掌櫃。屋子中間有一張大八仙桌，桌子上放著不少東西，都用一塊大油布蓋著。

劉水財朝苗君儒拱手道：「苗教授，我們又見面了，藤老闆還好吧？」

苗君儒說道：「藤老闆好不好，還得問董團長才行！」

董團長似乎愣了一下，說道：「什麼藤老闆？」

苗君儒說道：「馬鷂子說，藤老闆和我的幾個學生，被關在石屋後面的一個山洞裏，你去那裏的時候，沒有見著嗎？」

董團長回答道：「我帶人包圍那裏的時候，聽手下的人彙報說，只抓到一個活和兩個死的，沒有其他人。我正要帶人離開，就看到你們過來了！」

從董團長的神色判斷，他並沒有說謊。苗君儒的心一沉，是什麼人趁馬長風不在的時候，把藤老闆等人弄走了呢？既然殺了兩個人，又為什麼留下一個活口？

劉水財歎氣道：「自抗戰以來，這片土地上的土匪比牛毛還多，剿都剿不乾淨。我從西安送一些貨到漢中去，都得請董團長幫忙呢。唉，藤老闆為人謹慎，雖說我和他有幾十年的交情，可他還是信不過我，在西安的時候，我問他要去哪裏，他死活都不肯說，我也是愛莫能助呀，他若是有什麼三長兩短，我的心裏也不好過。」

他這一番話語帶雙關，既說明了自己在陝西的實力，又撇清了與藤老闆失蹤的關係。

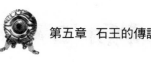

苗君儒點了點頭，在西安的時候，就覺得這個劉老闆不簡單，言談舉止都透出一種讓人捉摸不透的秉性。既然有那麼大的神通，能讓軍隊幫忙運送貨物，難道就沒有辦法與土匪私通，偷偷把人弄走呢？

他皺著眉頭，雖然覺得整件事顯得很蹊蹺，有人在背後操控著一切，可到現在為止，他還沒有理清頭緒，無法斷定躲在幕後的人究竟是誰。不過他肯定，劉老闆在這種時刻出現，絕非偶然。

他朝董團長說道：「算了，不提藤老闆的事了！不知董團長要我幫什麼忙？」

宋師爺將大油布扯開，只見桌上擺著一大堆金銀玉器，還有一些小件的金飾。

劉水財說道：「苗教授火眼金睛，上次在小店內，就看出了幾件贗品。那幾樣東西，都是我花大價錢買下來的。這桌上的東西，煩請你幫忙看看，估估價！」

苗君儒說道：「想必劉老闆對本人瞭解不夠，我只鑒寶，不估價！同一樣東西在不同人的手裏，其價值是完全不同的！」

劉水財連連點頭道：「那是，那是，那就煩請苗教授給辨個真偽！」

苗君儒走到桌子旁邊，略微看了一下，從裏面拿起一方玉印璽，這方印璽並不大，高五寸，青白玉，蹲龍鈕，印面方方各一寸。他端詳了印面上陰刻隸書，認出是唐玄宗的「開元小印」，他在一副唐代柳公權的書法真跡上，見過這方印璽的蹤影，當下說道：「桌子上的這些東西，並非同一朝代，但卻彙集在了一起……」他把話題一轉，繼續說道：「據《新五代史・溫韜傳》中記載：韜在鎮七年，唐諸陵在其境內者，悉發掘之，取其所藏金寶。而昭陵最固，韜從埏道下，見宮室制度閎麗，不異人間。中為正寢，東西廂列石床，床上石函中為鐵匣，悉藏前世圖書。鐘、王紙墨、筆跡如新。韜悉取之，遂傳民間。惟乾陵，風雨不可發……」

宋師爺笑道：「不虧是苗教授，一眼就看出來了，不錯，這些東西來自同一個墓葬，躺在墳墓裏面的那個人就是他。」

苗君儒微微笑了笑，放下印璽說道：「那我就恭喜諸位發財了，桌子上的東西，每一件都是品質上乘的文物。」

董團長一聽這話，呵呵地笑道：「有苗教授這句話我就放心了，總算沒有白忙活！」

苗君儒說道：「我想求董團長一件事！」

董團長說道：「說吧，只要我能辦到的！」

苗君儒說道：「被你帶來的那位姑娘，是我一位故人的女兒，我想單獨和她聊幾句！」

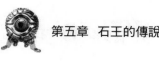

董團長的臉色一變，說道：「她現在是我的女人，你想怎麼樣？」

苗君儒說道：「我不想怎麼樣，只想跟她聊幾句。既然董團長不願意，那就只好算了。」

董團長笑道：「你把我姓董的看成什麼人了，不就見一見故人之女，說上幾句話嗎？難道你還有本事把她帶走了不成？不過，在去見她之前，我想知道這塊石頭的歷史。」

董團長和馬長風就是不一樣，一個想知道石王的歷史，一個卻只想知道值多少錢。只有瞭解石王歷史的人，才能真正懂得石王的價值。苗君儒看了一眼劉水財和宋師爺，說道：「董團長能夠當著你們兩位的面說出來，想必都不是外人，不知你們對石王的歷史，知道多少呢？」

宋師爺不高興地說道：「董團長在問你呢！」

苗君儒說道：「有關和氏璧的來歷，諸位一定都知道，我就不多說了。在春秋戰國時期，與和氏璧齊名的另一件寶物，是隨侯珠。秦始皇統一六國之後，擁有了隨和二寶……」

宋師爺冷冷地說道：「你可別說石王就是隨侯珠，據我所知，隨侯珠乃是一圓形的珠子，能在黑夜中發光。和氏璧被雕刻成玉璽，流傳於世，而隨侯珠卻隨秦始皇殉葬，在墓室內以代膏燭。」

苗君儒說道：「你只知其一，不知其二，我並沒有說石王是隨侯珠。秦始皇擁有了隨和二寶，自以為天下之寶無過此二寶，卻不知大將王翦滅楚國時，得到一塊奇怪的石頭，此石放置屍身上，能使屍身不腐，雖十年而栩栩如生。王翦將此石獻給秦始皇，秦始皇並沒有看上，而賞給了李斯。

「幾年後，秦始皇出巡南方時，其最心愛的女兒突然死亡，當他回到咸陽時，卻見愛女躺在病榻上，人雖死但容貌栩栩如生。那塊被他賞給李斯的石頭，就放在他愛女的胸口，放射出五色毫光。秦始皇命御醫和方士施救，他的愛女居然被救活了。

「秦始皇大喜，封這塊石頭為石王，晝夜帶在身邊。可這塊石頭為不規則的橢圓形，帶在身上不方便，秦始皇命工匠將石頭雕成飾物，以便佩戴，但工匠告訴他，這塊石頭不是玉石，乃上古奇石，質地圓潤且硬如銅鐵，極難雕琢，稍有不慎，恐有毀石之虞。又有方士進言說，石王有起死回生之功效，若皇帝他日歸天，用石王鎮住魂魄與身軀，他日找到靈藥，定可復活，如此一來，皇帝可得永生。這本是方士的阿諛之詞，想不到秦始皇居然深信不疑，命方士四處尋找靈藥，以保他永遠不死。秦始皇第五次東巡途中死於沙丘，趙高與胡亥密謀威逼李斯，偷走了石王，才使得秦始皇的軀體腐爛，以至於運回咸陽的途中，要購買大量的鹹魚才能掩蓋屍臭。項羽火燒阿房宮時，將許多關於石王的記載書籍付之一炬，書籍雖然燒了，但是石王能保屍身不腐，且能起死回生的傳說，以一種極密的方式，由方士傳了下來。

「隨侯珠隨著秦朝的滅亡而失蹤，可石王與傳國玉璽，卻落到歷朝歷代皇帝的手裏。由於石王的神奇，以至於任何一個皇帝，都極力不讓外人知道，而後世有關石王記載的書籍，更是少之又少，只有一些方士的著作裏，才能見到它的影子。到了唐代，就連皇帝身邊的大臣，都不一定知道石王的存在。

「唐代以後，石王便徹底消失了。不過，我聽一個道教的高人說過，若能找到石王，仰仗石王的靈氣，再施以奇術，可使死人復生，奪人魂魄於千里之外，殺人無形。可我並不當真，在我認為，即便真有石王，也絕不可能像傳說中的那樣，充其量不過是一塊類似寶石一樣的奇石罷了。不過……」

董團長聽苗君儒說了這麼久，一直不動聲色，直到苗君儒故意停住不肯說下去，才緩緩問道：「不過什麼？難道你真的不相信？」

苗君儒笑道：「何止不相信？在我看來，這塊價值萬金的石王，連十塊大洋都不值！」

劉水財的臉色大變，問道：「難道是假的不成？」

宋師爺卻冷冷地看著苗君儒，用手拈著頷下的幾縷鼠鬚，說道：「苗教授，你告訴過我，要到晚上才能檢驗石王的真假，不知你怎麼驗？」

苗君儒說道：「不錯，我在一本古籍上看到過檢驗石王真假的方法，今晚是月圓之夜，正好檢驗石王的真假。」

宋師爺問道：「不知苗教授如何檢驗？」

苗君儒正要說話，就聽外面傳來一聲「報告」。宋師爺急忙用油布將滿桌子的古董蓋住，董團長才乾咳一聲，低聲道：「進來！」

一個副官模樣的人推門進來，朝董團長敬了一個禮，說道：「報告團長，下面的人報告說，發現了那夥人的蹤跡，要不要把他們全部抓起來？」

董團長的眼中頓時露出凶光，說道：「我一直當他是兄弟，媽的，上次連我都敢動，我已經放過他一次，也算對他仁至義盡。天堂有路他們不走，地獄無門

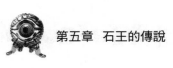

偏闖進來，他們這是進城找死。全部抓起來，拉到城外斃掉，一個不留！」

宋師爺沉思了一會兒，說道：「團長，我看不必，只需派人盯緊他們，另外多加人手就行。在興平城內，諒他們也不敢亂來！」

董團長哼了一聲，說道：「行，就按你說的辦。如果這次他們再亂來，可別說我不給你面子。」

那個副官領命出去後，董團長對宋師爺說道：「你帶劉老闆去偏房休息，我和苗教授再聊幾句。」

宋師爺猶豫了片刻，帶著劉水財出門去了。

苗君儒已經看出，這個姓宋的雖然是董團長的人，可董團長對其似乎並不信任。等他們兩人離開，董團長壓低聲音說道：「苗教授救我！」

苗君儒大吃一驚，想不到董團長會說出這樣的話出來。

卻說馬長風眼看著小玉和苗君儒被押走，心裏很不是滋味，若論他平素的脾氣，早就拔出槍來拚命了，可眼下他不能那麼做，逞匹夫之勇只會壞了大事。他不但要顧及兄弟們的性命，而且要想辦法救回小玉，當然，他更想解開心中的謎

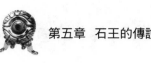

團，他很想知道，那個跟了他好幾年的羅強，究竟是個什麼樣的人。

他命兩個兄弟抬著羅強，隨著他退出官兵的包圍圈，他們在山林中轉了一兩個時辰，確定擺脫了官兵，這才停下來休息。

羅強躺在一棵大樹下，臉色蒼白，顯得有些虛弱。馬長風走到他的身邊，將坐在旁邊的幾個兄弟支開，低聲說道：「這幾年來，我一直當你是我的好兄弟，我這個做大哥的，也沒有任何對不住你的地方。」

羅強苦笑了一下，說道：「我知道你要問什麼。大哥，聽兄弟一句話，還是不知道為好。到現在為止，兄弟也沒有對不住大哥。」

馬長風將手中的槍張開機頭，平靜地說道：「一直以來，我都相信你，可是這件事，我實在想不通！」

羅強說道：「亂世出英雄，在我的心中，大哥也是一條好漢。這麼多兄弟跟著大哥，無非是對大哥有信心，希望有朝一日能過上好日子。難道大哥就沒有想過嗎？」

馬長風說道：「我也想替兄弟們尋個好的去處，可也不願意你們去當炮灰。」

羅強說道：「我也是想幫大哥，替兄弟們尋個終身富貴，搏個封妻蔭子。」

馬長風似乎聽出了弦外之音，說道：「你真是一片苦心！」他把話音一轉，說道：「如果我不答應呢？」

「那你現在就把我殺了吧！」羅強喘了幾口氣說道：「可是你別忘了，嫂子還在姓董的手裏，要想救出嫂子，得去找一個人！」

馬長風說道：「苗教授會幫我的！」

羅強說道：「苗教授確實是一個高人，可姓董的不是泛泛之輩，憑他一人之力，只怕難以救出嫂子，你帶幾個兄弟去城內的客來香酒樓，找劉掌櫃，單獨對他說，『天地玄黃，地支蒼茫』，而後求他幫忙，他一定有辦法。」

他說完後，閉上眼睛，低聲道：「大哥，開槍吧！」

馬長風關上機頭，起身招呼其他的兄弟：「你們幾個跟我去趟城裏，其他的留下來照顧老二，明天這個時候，在老樟樹頭見面，如果到時我沒有回來，你們就各尋出路吧！」

羅強艱難地支撐起身子，說道：「大哥，我會一直等著你來的！」

馬長風張了張口，沒有再說一句話，轉身帶著程大峰和幾個人離去。他們進城的時候，為了不讓人認出，幾個人還特地化了裝，扮成商販走卒的模樣。

饒是如此，他們還是被董團長安排的探子認出，並報告給了董團長，而他們卻渾然不知。

他們找到了羅強所說的那家客來香酒樓，在上樓的時候，馬長風似乎感覺有點異常，有種說不出的感覺。

這客來香酒樓，馬長風也來過幾次，見過那個留著山羊鬍的掌櫃，可是今天進來的時候，站在櫃檯後面的，居然是個年輕的胖子，而且今天的客人相當多，在樓梯的過道裏，也擺了幾桌。坐在大廳裏吃飯的那些人，一個個吆五喝六的，都是身材健壯的男人，最裏面一桌，坐著幾個當兵的。

小二媚笑著迎了上來：「老闆，幾位呀？」

馬長風說道：「七八個！」

小二說道：「樓上雅座剛有客人吃完，老闆請上樓，我這就給您上茶！」

馬長風上了樓，果見一間靠窗的雅座沒人，兄弟們依次坐下，小二送上茶來，問道：「不知諸位想吃點什麼，本店的特色，那可是……」

一個兄弟叫道：「囉嗦什麼，有什麼特色菜，儘管上來！」

「好好好，這就給你們上。」小二忙不迭的陪笑應著轉身下樓。

程大峰靠近馬長風附耳輕聲說道：「好像有什麼不對勁。」

馬長風也低聲說道：「我也有感覺。這個掌櫃的和小二，都好像不是以前的那兩個。大家都留神一點！」

他看了看窗外，已是萬家燈火，那條小小的街道上來來往往的行人和小商販已經不多。這裏是董團長的勢力範圍，得小心才是。

小二送了酒菜上來，馬長風扯住小二說道：「麻煩你叫掌櫃的上來，我有話要說。」

不多時，那個年輕的胖子上來了，拱手朝馬長風施了一個禮，問道：「不知客官有何吩咐？」

馬長風問道：「請問掌櫃的貴姓？」

胖子打量了馬長風幾眼，回答道：「免貴姓潘！」

馬長風說道：「這裏可有一個劉掌櫃？」

胖子說道：「不錯，以前的掌櫃確實姓劉，因劉掌櫃家中有事，他將這家酒樓轉給我了，今天第一天營業，所有酒菜都打七折，所以生意這麼好呢。雖然掌櫃的換了，可後廚的幾位廚子，我都留著呢。客官難道覺得這酒菜的味道和以前的不一樣？」

馬長風笑道：「沒有，沒有，以前我來這裏吃的時候，總見到一個留著山羊鬍的掌櫃，今天我來的時候，有人托我帶口信給劉掌櫃，所以我才冒昧問一聲。」

羅強要他來找劉掌櫃，誰知道掌櫃的居然不在了，這下該怎麼辦呢？

潘掌櫃見馬長風面有難色，忙道：「劉掌櫃雖然不在了，可他有個侄子在後廚，要不我叫他來？」

馬長風說道：「既然劉掌櫃不在，我看就算了，其實也沒什麼大事。掌櫃的，你忙去吧！」

潘掌櫃轉身下樓，可是過了一會兒，一個腰間繫著圍裙的瘦高個男人來到馬長風的面前，低聲說道：「請問這位客官，聽掌櫃的說，有人托你帶個口信給我叔父？」

馬長風點了點頭。

瘦高個男人把雅座的門關上，低聲問道：「不知托你帶口信的人是誰？」

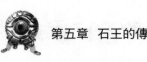

馬長風說道：「一個朋友，他要我告訴劉掌櫃，天地玄黃，地支蒼茫！」

聽到那八個字，瘦高個男人怔怔地看了馬長風半晌，拱手說道：「不知你有何要求？」

馬長風注意到這個男人拱手的姿勢，與常人不同。常人拱手時，將左手蓋在右手上，抱成拳狀，而這個男人拱手時，卻將兩手的大拇指交叉，且高高翹起。

他心知那是某條道上的特定手語，就如土匪之間的暗號一樣。當下他學著這人的手勢，也拱了一下手，說道：「求劉掌櫃幫忙救一個人。」

瘦高個男人說道：「如果你要救的是一個女人，我看還是算了，免得陷了進去脫不了身。」接著從口袋裏拿出一頁紙，說道：「出門往東走兩條街，就是駐軍的總部，守衛很嚴，地形都在上面了！」

馬長風一驚，他還沒有說出去哪裏救什麼樣的人，就已經被這個男人全部猜到了，而這個男人似乎還警告他，不要去蹚渾水。整天在刀尖上討生活，什麼場面沒有見過？他冷哼一聲，說道：「既然你們不願意幫，就當我沒說！」

其實不用這張地圖，馬長風也知道董團長的團部怎麼走，他以前來過幾次，還在團部陪著董團長吃過飯。

瘦高個男人離開後，馬長風立即吩咐兄弟們趕緊吃飯，儘快離開，並分頭找地方躲起來，只待晚上一起行動。

就在馬長風計畫著怎麼行動的時候，董團長正跪在苗君儒的面前求救。董團長很低很壓抑：「苗教授，我知道你和他們不是一路人，也聽他們說過你很有本事，其實……其實我不是什麼董團長，他們說我和他們的團長長得很像，就讓我充當他們的團長，我要是不聽他們的話，他們就會殺了我……」

苗君儒越聽越心驚，連堂堂的國軍團長都找人代替，那夥人的膽子也實在太大了，可惜他還沒能繼續聽下去，就見門被人踹開，宋師爺帶著幾個人衝了進來。

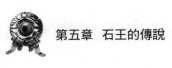

宋師爺對假董團長惡狠狠的說道：「我答應等事成之後，不但放了你，還給你兩百大洋做回家的路費，你他媽的太不識抬舉了，來人，把他帶走！」

兩個副官模樣的人上前，強行將假的董團長帶了出去。

宋師爺和苗君儒面對面的站著，相互注視著對方，足足有五分鐘，誰都沒有開口說話。最終還是宋師爺忍不住：「苗教授，你要是聰明一點，就不要問為什麼，只需照著我所說的去做就行。」

苗君儒問道：「那你要我做什麼？」

宋師爺說道：「要讓大家都知道，石王是真的！」

苗君儒接著問道：「這麼做對我有什麼好處？」

宋師爺神秘地笑了笑說道：「如果我們成功，封你為教育部長。不過我聽說你對權勢不感興趣，沒關係，到時候我們可以滿足你別的要求。」

苗君儒說道：「好，我答應你，但是我現在就想見一見小玉，就是被你們帶來的那個女人。」

宋師爺冷笑道：「你別以為她是一個普通的女人，她爹是江湖中赫赫有名的看山倒，馬鷂子把她救走後，我們費了好大的勁，才打聽到看山倒被人殺死的消息，並找到了那座新墳，可是我們挖開的時候，裏面並沒有屍體。怎麼樣，我夠朋友吧？告訴了你這麼多！」

苗君儒說道：「你說了這麼多，可並沒有同意我去見她！」

宋師爺微笑道：「我可以讓你去見她，但是我必須知道你們在談什麼！跟我來吧。」

苗君儒跟著宋師爺出了門，見外面每隔幾步路，就有一個背著槍的士兵，戒備得非常森嚴。左邊走廊的盡頭是一條石子路，石子路兩邊綠樹成蔭，鮮嫩欲滴的果子掛在枝頭上，隨風輕輕搖晃。

走進一扇圓拱門，眼前頓時一亮，與外面不同的是，這裏面別有洞天，那花卉盆栽、假山池塘、曲橋迴廊，活脫脫就是一處南方特色的園林。在池塘的旁邊，有一座三層的雕簷翹角小樓，樓前照例站著持槍的士兵。在小樓的左邊，有一棟平房。

宋師爺說道：「這座宅子原來是西安一個富商的外宅，被軍隊徵用了。」

他將苗君儒帶到小樓邊的平房前，自有一個守在門口的士兵給開了鎖。

苗君儒走進去的時候，聽到宋師爺在他身後說道：「我在外面等你，不要超過半個小時。」

平房內的擺設很簡單，一張桌子，幾張凳子，靠窗那邊還有一張床。小玉就坐在桌子旁邊，目光平靜地望著他。桌子上擺著一些吃的東西，看來宋師爺並沒有為難她。

見苗君儒走到面前，小玉才問道：「你來做什麼，救我？」

苗君儒低聲道：「宋先生派人找到了你爹的墳，裏面沒有屍首，他懷疑你爹並沒有死！」

小玉的臉色一變，問道：「你相信他的話？」

苗君儒說道：「誰的話我都不信，我只相信自己的推斷。如果想我救你，必須對我說實話！」

小玉問道：「你想知道什麼？」

苗君儒問道：「你爹和宋先生究竟是什麼關係？」

小玉說道：「宋師爺是我爹的師弟，但是他們倆的關係並不好。我還可以告訴你，是我要馬大哥用那件蟠龍玉帶扣把你引來的，因為我聽爹說過，你是一個奇人，只要能夠把你捲進來，他們的陰謀就不可能得逞。」

苗君儒問道：「你對整件事知道多少？」

小玉說道：「你問吧，能夠告訴你的，我不會隱瞞！」

苗君儒在小玉對面的椅子上坐了下來，說道：「他們囚禁你的目的，並不是為了對付馬鷂子，否則在山上的時候，就不會輕易放走他們了，對吧？」

小玉有些得意地笑道：「他最害怕的人，是我爹。就像你說的，他們找不到我爹的屍首，懷疑我爹沒死，所以把我抓來了。我懷疑馬大哥身邊的羅強是他們的人，他們留著馬大哥，肯定還有用處。」

苗君儒說道：「你爹江湖人稱看山倒，他找了那麼久都沒有找到的地方，怎麼有可能被羅強輕易找到。其實我跟你進去的時候，就已經看出，那處墓室是人為佈置的。花那麼大的心血佈置那處地方，就是為了要讓人相信那塊石王是真的。你爹那麼做，實在用心良苦。」

他最後的那幾句話說得很大聲，是故意說給外面的人聽的。其實宋師爺早就知道石王不是真的，才要他幫忙證明。

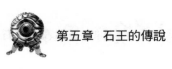

小玉說道：「苗教授，你知道就好，所以他們從馬大哥手裏搶回來的石王，並不是真的！」

苗君儒說道：「我明白了，也許你爹被他們利用，幫他們佈置了那處地方，正要找人進去把假的石王弄出來，這時候，你爹發覺了他們的真正企圖，於是被他們追殺，碰巧被馬長風所救。他們囚禁了你，是想逼你爹現身，沒想到你爹和馬長風達成了某種協定，要馬長風將你救了出去。你爹在江湖上的名氣雖然很大，可並沒有幾個人認得他，偶爾使一招金蟬脫殼也未嘗不是好辦法。正因為他們肯定你爹還活著，認為你爹一定會去找你，所以他們一直忍著，讓你跟著馬長風，在石屋裏生活了那麼久。」

外面傳來鼓掌聲，宋師爺推門進來，笑道：「苗教授不虧是個博學的人，好像什麼事情都一清二楚，你不是想知道我和她爹是什麼關係嗎？告訴你，我和他是多年的好朋友，正如你所說的那樣，馬鷂子他們找到的那處墓穴，是她爹和我們精心佈置出來的，前後花了近一年的時間。本來我們打算帶軍隊去挖的，可是被她爹知道了不應該知道的事。她爹逃走之後，我們以為控制住她，就能找到她爹，可惜我們想錯了！」

苗君儒說道：「你們是想錯了，我懷疑她爹並沒有死，其實一直都在她的身邊，只是你們沒有發覺而已。被殺死在石屋後面的那兩個看守，就是最好的證明。」

宋師爺笑道：「苗教授，你認為用什麼辦法可以逼他現身呢？」

苗君儒正要說話，只聽得外面傳來幾聲槍響。

第六章

死而復活的人

扮過後堂，直接進到一間小屋裏，屋裏很黑。
床上躺著人，馬長風才看清那人長相時，大吃一驚。
此人正是曾被他親手埋了的盜墓前輩「看山倒」朱福，
他揉了揉眼睛，確定自己沒有看錯。

馬長風吩咐那些兄弟分頭散去，只待他發出信號之後各自尋機放火，再到國軍團部旁邊的一座房子裏集合，聽到槍聲後一齊衝進去救人。他和程大峰則沿著大街往前走，順便摸一摸城內的情況。

兩人走了大半條街，程大峰用肩膀撞了馬長風一下，暗示背後有人跟蹤。

其實馬長風早就注意到了，除了那兩個跟蹤他們的人之外，沿街還有不少鬼頭鬼腦監視著他們的人。

他心中暗叫不好，估計兄弟們都已經被人盯上了，進城容易出城難，今兒兄弟們不但救不了小玉，恐怕連命都得搭在這裏。

他走得雖然悠閒，可心裏卻琢磨著怎麼把兄弟們救出城。

一個挑著買菜籮筐的老頭子從他們的身邊經過，低聲說道：「不要看後面，想活命就跟我走！」

馬長風緊走幾步，想看看那老頭長得什麼模樣，可那老頭低著頭，頭上紮著羊肚肚手巾，蓋著大半張臉，只能看到幾根稀疏而灰白的鬍子。

跟著這老頭進到一條胡同裏，馬長風伸手到懷中握住槍把。在陌生人面前，得多留幾個心眼，否則他也活不到現在。

胡同盡頭的一扇小門開了，一個穿著短褂的人朝他們看了幾眼，並沒有做聲。老頭挑著擔子，走了進去。

既來之則安之，馬長風乾咳了幾聲，大步踏了進去。

進門後往前走，就是正屋，那老頭已經將擔子丟在一邊了，扯下裹在頭上的羊肚肚手巾，擦了幾把汗，回身說道：「進來坐吧！」

馬長風認出這老頭，居然就是他見過的劉掌櫃。羅強要他來找劉掌櫃，可劉掌櫃卻躲起來了。這些人神神秘秘的，也不知是什麼來路，羅強又是什麼時候認識這些人的？

走進正屋，見正堂上掛著一幅畫，畫上的是一個佝僂著背的老人，手裏提著一把類似洛陽鏟一樣的東西。畫的顏色已經發黑，約莫有些年頭了。

畫的下方是一張香案，香案上擺著一些果脯供品，還有一個三足銅香爐。

那老頭點燃了三支香，朝上拜了幾拜，將香插到爐裏，轉身道：「請坐！」雙方分主客坐下後，馬長風翹起兩個交叉的大拇指，朝老頭拱手道：「想不到劉掌櫃還有另一個身分。」

劉掌櫃笑道：「我也想不到你這麼快就學會我們這行的規矩，孺子可教也！」他的話鋒一轉，問道：「你真的要去救人？」

馬長風點了點頭。

劉掌櫃正色道：「你有沒有想過，不但救不出人去，弄不好會把命搭在這裏？」

馬長風豪邁地笑道：「想過。我是個土匪，命不值錢。不管你們幫不幫忙，人我是一定要去救的！」

劉掌櫃說道：「你說你是個土匪命，可你身邊的那小夥子，我看著不像，倒像是一個文質彬彬的學生！」

程大峰笑道：「劉掌櫃好眼力，我確實是個學生，是跟著我老師來的。」

劉掌櫃問道：「你的老師可是苗君儒苗教授？」

程大峰咧開嘴笑道：「苗教授的名氣很大，很多人都知道他。」

劉掌櫃問道：「那他現在怎麼沒有跟你們在一起呢？」

程大峰說道：「他和小玉姐一起，被董團長的人帶走了。我跟著馬大哥進城來，就是來救他和小玉姐的。」

劉掌櫃問道：「難道你不怕死？」

程大峰笑道：「死有什麼好怕的？要不是家人一再勸阻，我必定參軍抗日，說不定早已經為國捐軀了。」

劉掌櫃笑道：「好一個少年志士！很好，很好！這裏不是說話的地方，兩位請跟我來！」

他說完後，起身往後堂走去。馬長風和程大峰相互望了一眼，起身跟著劉掌櫃而去。

拐過後堂，直接進到一間小屋裏，屋裏很黑。馬長風過了好一會兒，才看清對面的床上躺著一個人。當他看清那人的長相時，大吃一驚。

那個躺在床上的人，居然就是之前被他親手埋了的盜墓前輩「看山倒」朱福，他揉了揉眼睛，確定自己沒有看錯。

劉掌櫃問道：「你應該認得他吧？」

躺在床上的「看山倒」朱福，朝馬長風笑了一下，說了三個字「謝謝你」。

馬長風愣了一下，上前道：「真的是你，你不是死了麼？」

劉掌櫃微笑道：「他可沒有那麼容易死！」

朱福的身子並沒有完全復原，有些吃力地說道：「你來了就好，小玉她沒有

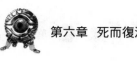

看錯人！」

馬長風不禁動容，想不到他和小玉之間的事，躺在這裏的朱福都知道，看來他們的消息是很靈通的。他問道：「我打算去救她，老前輩有什麼吩咐？」

朱福咳了幾聲，說道：「苗教授來了就好，他不會不管的！」

苗君儒究竟有多厲害，馬長風只是聽人說過，他見了苗君儒幾面，也看不出對方到底厲害在哪裏，當下說道：「老前輩，我見了苗教授，可他……」

朱福似乎看出馬長風要說什麼，微笑道：「他是個高人，你還沒有領教到他的真本事！」

馬長風不以為然地說道：「老前輩的意思是，不用我進城，苗教授也能夠把小玉救出去？」

朱福說道：「如果他要救小玉，簡直易如反掌。孩子，聽我一句勸，等救出小玉後，你帶著她，有多遠走多遠，不要再捲進來了。」

馬長風問道：「為什麼？」

朱福說道：「這件事比你想像的要嚴重得多，不要問為什麼。等會你跟著劉掌門去就行，他會替你們安排的。」

馬長風沒想到這劉掌櫃還是一個掌門人，只是不知是哪一派的掌門人。朱福要他帶小玉遠走高飛，可他還沒弄清事情的真相，只覺得自己總是被人牽著鼻子走，當土匪這麼多年，他什麼時候這麼被動過？就算是死，也得死得明明白白。他想了想，說道：「老前輩，我知道你是一番好意，可是我馬鷂子並非貪生怕死之輩，更不會撇下朋友不管的。」

劉掌櫃說道：「馬鷂子，還是聽朱老兄的話，帶上小玉走吧！這事不需要你攙和！」

一聽劉掌櫃那麼說，馬長風更加不服氣了，說道：「憑什麼不需要我？我馬鷂子腰裏的兩把槍可不是吃素的。劉掌櫃，多一個人多一份力量，不是嗎？」

從外面進來一個夥計一樣的人，在劉掌櫃耳邊低聲說了幾句話，就轉身出去了。劉掌櫃望著馬長風，說道：「外面有人四處放火，城裏已經亂了，是你的人幹的吧？」

馬長風說道：「我吩咐他們放火之後，就去團部旁邊的一座房子裏集中，聽到槍聲衝進去救人！」

劉掌櫃說道：「今天城裏來了不少大官，街上的探子比平時多幾倍，遇到面生的人，一律抓起來。只怕你手下的那些兄弟，此刻已經被他們控制住了。」

程大峰說道：「小小的興平城，怎麼突然來了大官，該不會都是衝著那塊石王來的吧？」

劉掌櫃說道：「你說對了！有人要苗教授當著那些大官的面，證明那塊石王是真的！」

程大峰說道：「石王的真假有那麼重要嗎？」

劉掌櫃的眼中閃現一抹淩厲的神光，面色異常嚴峻地說道：「非常重要！」

程大峰說道：「那還等什麼，快走吧！」

劉掌櫃朝門外喊道：「來人！」

從外面進來一個人，對馬長風和程大峰說道：「兩位請跟我來！」

馬長風問道：「要去哪裏？」

劉掌櫃說道：「他會帶你們安全出城，城外還有你們的朋友，等小玉一到，你們就走吧！」

馬長風聽到劉掌櫃說城外還有他的朋友，於是問道：「是不是我關在石屋後面的那幾個人，我的那兩個兄弟是你殺的？」

劉掌櫃說道：「我帶人趕到那裏的時候，那兩個人已經死了，我救出了石洞裏面的人，把他們安排到城外。」

馬長風一愣，那兩個兄弟既不是董團長的人殺的，也不是劉掌櫃殺的，會是什麼人下的手呢？

劉掌櫃見馬長風和程大峰不動，催促道：「快走吧，你們還在等什麼？」

馬長風站著不動，說道：「劉掌櫃，我非要親自去救小玉不可，如果你答應，那就告辭了，我單獨行動，是死是活聽天由命！」

劉掌櫃歎了一口氣，說道：「看來你是鐵了心要去救她，好吧，跟我來！」

卻說苗君儒聽到外面傳來槍聲，臉色頓時微微一變。

宋師爺笑道：「放心吧！就算馬鷂子他們進了城，也沒有本事把你救走。你還是幫我，用什麼方法逼朱福現身！我答應你，只要朱福現身，就放你們走！」

苗君儒說道：「你已經得到了這塊石王，為什麼還要逼他現身呢？」

宋師爺冷冷道：「因為他知道真正的石王在哪裏！我抓他的女兒，就是想讓他帶真石王來換人，可他居然連自己女兒的命都不顧，天底下哪有這樣的爹？」

苗君儒說道：「也許他有苦衷！」

「我可不管他有什麼苦衷，我只要得到真正的石王！」宋師爺轉向小玉，微笑著說道：「就她這姿色，無論賣到哪裏，最少值五百大洋。」

苗君儒問道：「那你為什麼不賣呢？五百大洋可不是小數目，團長一個月的軍餉，才二十大洋。」

他的話似乎刺痛了宋師爺的神經，只見宋師爺的臉上露出一陣怨毒之色，說道：「你別以為我不敢！」

苗君儒說道：「我知道你敢，只是還沒有逼著你那麼幹，是吧？」

宋師爺冷笑了幾聲：「苗教授，別說廢話，該你上場了。」

進來幾個士兵，押著苗君儒和小玉出了小屋，跟著宋師爺往前走。

繞過那棟小樓，後面有一條筆直的石板路，每隔十幾步的距離，便有一個持著火把的士兵，照著他們腳下的路。走到石板路的盡頭，又是一扇圓拱門，一堵兩人高的圍牆，將內外隔開，圍牆上隱約還連著鐵絲網。進了拱門，眼前頓時一亮，但見眼前四周火把通明，前方空地上站著不少手持火把的士兵，排成幾隊，有上千人。一個個表情肅穆而莊嚴，全場肅靜鴉雀無聲，唯有火把燃燒時發出的嗶嗶剝剝。

苗君儒雖見過不少大場面，但這陣勢還是第一次見到。

在那些士兵的前面，有一座臨時搭建起來的檯子，檯子上坐了不少軍官，一個個正襟危坐，同樣沒有人吭聲。檯子的正中擺著一張香案，香案上擺滿了各種祭品。

宋師爺帶著苗君儒走上檯子，轉身朝他做了一個請的手勢，便退到一邊的椅子上坐下。

苗君儒環視了那些坐著的軍官，發現好幾個居然是肩膀上扛著一顆星的將軍，軍職最小的，也是中校。在這些軍官當中，卻有兩個穿著長衫的人，其中一個便是他見過的萬福齋老闆劉水財。

這麼多人聚集在一起，就為了看他如何驗證這塊石頭的真假嗎？

苗君儒走到供桌前，看著台下那一支支火把，還有一張張被火把照著的年輕臉龐，充滿著興奮和期待。劉水財走上前，從身上拿出那塊用綢布包裹著的石王，小心翼翼地放在香爐前。

苗君儒低聲道：「劉老闆，你可真不簡單呀！」

劉水財的目光望著遠處，低聲說道：「苗教授，那可不關我的事，我只是幫人辦事。」

苗君儒問道：「你替誰辦事？」

劉水財一副高深莫測的樣子，低聲說道：「苗教授，知道得太多對你沒好處！你只管當著大家的面，驗證這塊石王的真假就行！」

苗君儒說道：「你比誰都明白，這塊石王是假的。」

劉水財說道：「那當然，一切都在我的掌控之內，我知道瞞不過你的法眼，但它也不是一塊普通的石頭。那些坐在旁邊的人，沒有一個是識貨的。你只需告訴他們，這塊是真正的石王就行，其餘的事情就無需你多心。苗教授，我再警告你，知道得太多，對你可沒有好處！」

他臉帶微笑，幾乎貼著苗君儒的耳朵說話。在旁人的眼中，他們好像兩個多年未見的好朋友。

苗君儒微微一笑，並沒有說話，之前他瞥見左側台下有些異樣，為了不讓人察覺，他用眼角的餘光仔細觀察，認出那兩個穿著軍裝的人，居然就是程大峰和馬長風，想不到他們這麼快就混進來了。要想他們順利地把小玉救出去，最好的

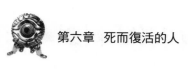

辦法就是製造混亂。

待劉水財離開後，他按照江湖上的規矩，朝大家拱了拱手，大聲道：「我是北大考古學教授苗君儒，前些天帶學生出外考古時經過這裏，被宋先生請來鑑定一下這塊傳說中的石王。有關石王的來歷與神奇之處，相信在座的諸位都已經知道，我就不再多說了。不過，我事先聲明一下，如果有誰懷疑我的身分及不服鑑定結果的，請站出來！」

劉水財笑道：「你太謙虛了，大名鼎鼎苗教授，誰敢冒充你呢？誰不知道古董界的行家們，沒有一個人敢在你苗教授的面前稱大！」

他的手插在長衫裏，握緊了口袋裏的手槍，目光緊緊地盯著苗君儒。

台上沒有人站起來，台下就更不可能了。苗君儒看了看懸掛在夜空中的那輪圓月，月色的光華灑滿黑暗的每一處角落，是那麼的皎潔而輕柔。他點燃三支香，煞有其事地朝東南西北四個方向拜了幾拜，插到香爐裏。拿起了那塊石王，對著月光仔細端詳了一陣，放回桌面，轉身對著那些軍官們大聲道：「這塊石頭是假的！」

且說馬長風和程大峰跟著劉掌櫃出了屋子，轉到旁邊的另一間屋子裏，見裏面已經有了幾個人，每個人的手裏都提著短槍，一副如臨大敵的樣子。

在屋子的東南角，有一個圓形洞口，裏面不斷有泥土遞出來，被上面的人接著，倒在一旁。

程大峰驚道：「你們在挖地道？」

劉掌櫃說道：「如果強攻進去，不但救不出人，反而會壞事，只有這樣，才能出其不意。」

過了一會兒，下面傳來幾聲類似老鼠的吱吱聲。

劉掌櫃對馬長風說道：「通了！」

他見馬長風急著要下去，忙一把扯住，接著道：「別急，先換上衣服！」

旁邊的小桌上放著幾套軍服，馬長風和程大峰換上軍服，跟隨劉掌櫃下了洞。洞是圓形的，直徑約五六十公分，能讓一個人輕鬆的爬過去。頭頂和兩邊的泥土都拍得很嚴實，用手摳都很難摳得下土塊來。

這是老盜墓客幹的活，只有這樣打出來的盜洞，才不會輕易坍塌，根本無需用東西撐住。

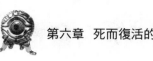

在洞內爬了兩三百米，跟著前面的人出了洞，見置身於一間小房間中，隱約聽到隔壁傳來說話聲，仔細一聽，其中一個聲音居然是苗君儒，另一個聲音則顯得老練而狡詐，是宋師爺。

從他們的話中聽出，小玉也在隔壁，只是一直沒有說話。

馬長風拔出腰間的手槍要衝出去，被劉掌櫃拉住。劉掌櫃低聲道：「你要是這麼衝動，就請回去！既然跟來了，一切聽我的！」

程大峰低聲對馬長風說道：「馬大哥，我們是來救人的，不要誤了大事，聽劉掌櫃的。」

等隔壁沒有了聲音，劉掌櫃朝大家招了招手，偷偷打開門閃了出去。外面都是穿著軍服的士兵，不少人還舉著火把走來走去，並沒有人對他們幾個人的出現感到奇怪。

他們幾個人跟著前面的隊伍，進到一個大操場內，見操場上已經站了很多人，一個個都面對著檯子。

苗君儒和宋師爺正走上台，小玉被兩個士兵押著，就在台下的角落裏。

馬長風和程大峰偷偷來到那兩個士兵的背後，趁著大家都注意著台上時，借

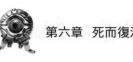

著黑暗的掩護，輕鬆搞定了兩個士兵。

小玉發覺身後有動靜，扭頭看時，看到程大峰和馬長風，頓時驚訝得說不出話來。程大峰忙捂著小玉的嘴，生怕她發出聲音驚動別人。

馬長風扯著小玉的手，低聲道：「跟我走，我這就救你出去！」

兩人正要帶著小玉離開，卻聽到苗君儒大聲喊起來：「這塊石頭是假的！」

聽到這句話，不但台上的人驚呆了，連馬長風也驚呆了，他怎麼都不敢相信，自己拚了命從墓葬中弄出來的東西，怎麼會是假的呢？

小玉推開程大峰的手，異常著急地低聲說道：「馬大哥，快去救苗教授，他有危險！」

在台上，苗君儒的那句話不亞於往平靜的湖水中丟下一枚炸彈，濺起萬丈巨浪，好幾個軍官沉不住氣地站起來，憤怒地望著他。站在黑暗處的宋師爺上前兩步，瞪著他說道：「苗教授，你確信沒有看錯？」

他分明是在提醒苗君儒，不要忘記了之前他說過的話，否則別怪他不客氣。

苗君儒笑道：「你要是不相信我，那就找別人來看好了！」

坐在正中一張椅子上的那個胖子將軍咳了兩聲，站起來問道：「苗教授，你確定這塊石王是假的？」

苗君儒點頭道：「真正的石王我見過，是一個土匪頭子拚了幾十條人命，從一處神秘的墓葬中盜出來的。之後被董團長派人奪了回來，我就不明白了，明明是真的石王，怎麼就變成假的呢？」

胖子將軍問道：「那真的石王是什麼樣子？」

苗君儒說道：「在陽光的映照下，放射出七彩毫光，且能幻化出彩虹。若是對著月光，則石頭會變成半透明的金黃色，剛才諸位都看到了，此石並沒有任何變化。這塊假的石王，充其量不過是一塊上等的墨玉。」

胖子將軍摸了一下八字鬍鬚，厲聲道：「來人！」

從台下衝上來幾個士兵，站在胖子將軍的身邊。

胖子將軍環視了大家一眼，目光定在宋師爺的身上，說道：「宋師爺，董團長呢？這種場合怎麼不見他？」

宋師爺回答道：「他死了！」

胖子將軍一瞪眼珠，吼道：「怎麼可能？我下午還見過他！」

宋師爺平靜地回答道：「就在我帶苗教授來之前，有刺客進來偷石王，董團長為了保護石王，被刺客給殺了！事情來得太突然，我想等這事過後再稟告余師長！」

一個軍官說道：「傍晚時，城內四處起火，還響了槍，是有外人進來了！」

余師長上前一步，逼問宋師爺：「那刺客呢？你可別跟我說已經逃走了！」

宋師爺說道：「余師長，刺客確實逃走了！」

余師長的八字鬍子往上一翹，怒道：「你當我是三歲的小孩子呢？」

劉水財一見情勢不對，上前道：「余師長，你且息怒，董團長究竟是怎麼死的，宋師爺肯定會給你一個交代，你看現在的形勢，箭在弦上不得不發。現在我們要做的，就是證明這塊石王是真的！」

余師長冷冷地說道：「苗教授剛才不是已經說過了嗎？這石王是假的，你還想怎麼證明？」

劉水財說道：「這塊石王到我手上後，就沒有別人動過，余師長，難道你連我都信不過嗎？」

苗君儒的心咯噔一下，聽劉水財的口氣，好像並沒有將堂堂的國軍師長放在眼裏，如果他僅僅只是一家古董店的老闆，敢這麼對余師長說話嗎？

余師長的語氣似乎軟了一些，說道：「劉參議，我們都相信你，可是我們這麼多人，都希望看到真的石王，如果僅僅憑著一塊假石王，恐怕難以令弟兄們替你們賣命！」

苗君儒這才明白過來，原來劉水財不僅僅是古董店的老闆，還有一個參議的身分，而這個所謂的參議，只需證明石王的真假，就能夠使余師長他們這些人為之賣命，實在令人匪夷所思。劉水財的葫蘆裏，究竟賣的是什麼藥？宋師爺此人，扮演的又是什麼角色呢？

劉水財說道：「余師長，你放心吧，今兒不管這塊石王是真是假，我一定給大家一個交代！」

趁著劉水財和余師長繼續說話的時候，苗君儒低聲對宋師爺說道：「你不是想逼看山倒朱福現身嗎？這可是個機會。」

宋師爺沒有反應過來，問道：「怎麼逼他？」

苗君儒低聲說道：「照著我的意思，證明這塊石王被人掉包了！」

宋師爺低聲道：「如果他不現身呢？」

苗君儒低聲說道：「如果他不現身，我任由你們處置。」

宋師爺看了看左右的人，低聲道：「苗教授，你和我一樣，都是聰明人。聰明人沒有必要和自己過不去。石王是經我的手轉給劉參議的，如果要查被人掉包，連我都牽扯進去了，嘿嘿，我可不上你的當。」

苗君儒看了一眼余師長，還有那些個神色各異的軍官，低聲說道：「現在我已經告訴他們這塊石王是假的了，如果今晚看不到真正的石王，只怕他們不會善罷甘休。」

宋師爺的眼珠子一轉，略有所思地點了點頭，他正要說話，卻見余師長吩咐兩個軍官之後，幾步走到苗君儒身邊，低聲道：「苗教授，劉參議說真正的石王被人搶走了，我已經吩咐下去了，全城戒嚴大搜查。就是一隻蒼蠅，也飛不出去！在找到真石王之前，你能不能當著大家的面，說你之前看走眼了……」

苗君儒微笑道：「余師長，行內人都知道，我看貨從未走眼。如果我按你說的去做，等於是自毀聲譽，你還不如殺了我！」

他接著說道：「劉參議說真石王被人搶走了，這麼重要的東西，怎麼可能輕易被人搶走呢？」

余師長的臉色微微一變，問道：「那你認為真石王去了哪裏？」

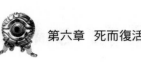

苗君儒說道：「我懷疑真石王被人刻意掉了包，宋師爺，你說呢？」

宋師爺有些畏懼地看著劉參議，不敢說話。

余師長從腰裏掏出槍來，頂在宋師爺的頭上，罵道：「媽的，苗教授問你話呢，你看著劉參議做什麼？告訴我，董團長是怎麼死的？你要是有一句假話，老子一槍崩了你！」

宋師爺嚇得雙膝一軟，差點跪在台上，鼓起勇氣說道：「求師長饒命……去年的一天晚上，董團長帶著幾個人，隨看山倒朱福出去辦事，就一直沒有回來。我派人找遍了周邊兩百里以內的地方，都沒有消息。」

余師長問道：「那他帶去的那幾個人，還有那個看山倒呢？」

宋師爺說道：「同樣沒有回來。為了怕下面的軍官們知道後鬧事，我才找了一個人來冒充董團長。」

余師長厲聲道：「你是他的師爺，連他去了哪裏都不知道，這樣的廢物，要你何用？」

余師長正要開槍，苗君儒搶前一步，單手抓著余師長的槍，食指頂住扳機，使扳機扣不下去，低聲道：「余師長且息怒，宋師爺找個人來代替，也是權宜之策。據我所知，他一直在找看山倒朱福。真的董團長既然神秘失蹤，那就應該想辦法查明他失蹤的真相。等真相查出來，若宋師爺有罪，再殺他也不遲。」

他縮回手，沒有再說話，將目光投向台下。台下的火光照著他那偉岸的身軀，還有那張稜角分明的臉龐。

余師長毒蛇般的眼神在苗君儒臉上掃過，收起槍說道：「看在你的面子上，暫且留他一條狗命。看山倒朱福到底是什麼人，董團長怎麼會跟他晚上出去？」

宋師爺連忙簡單地介紹了看山倒朱福是什麼人，接著說道：「他的女兒在我的手裏，不怕他不現身！只要他一現身，就知道董團長的下落了。」

余師長呵呵笑道：「我早知道董團長是我們全師最有錢的人，還以為他喝兵血喝的，哪想到他學了孫殿英師長的那一招，發死人財！」笑完之後，他收起笑容，盯著宋師爺，繼續說道：「宋師爺，你是見過真石王的，那你告訴我，真石王究竟在哪裏？」

宋師爺看了劉水財，說道：「真石王是我和假團長從苗教授他們手裏搶來的，回城後，就交給了劉參議，至於真石王去了哪裏，只有劉參議才知道呀！」

余師長轉向劉水財，問道：「你告訴我，有人打死了假的董團長，搶走了真石王，可是宋師爺說，假董團長是被你殺的。難不成你殺人滅口，獨吞了真石王，卻弄塊假石王來唬弄我們？」

劉水財叫道：「你別聽他胡說，是他說假董團長向苗教授求救，他怕被外人知道真相，才把假董團長關起來，等我趕到的時候，假的董團長已經死了！」

余師長冷冷地看了看劉水財和宋師爺，說道：「你們倆的話，我誰都不信。劉參議，你說箭在弦上不得不發，我告訴你，今兒要是見不到真的石王，可別怪我不客氣。對不住了！」

劉水財怒道：「余師長，你居然敢扣押我？萬一我有什麼三長兩短，皇上怪罪下來，你吃罪得起嗎？」

余師長呵呵一笑，說道：「劉參議，別拿你們的皇上來壓我，現在老子姓蔣，不姓愛新覺羅。老子當年跟著段執政當兵開始，什麼場面沒有見過？一旦翻了臉，誰的面子都不給。」他收斂了笑容，沉聲喊道：「來人！」

余師長的話聲剛落，左側的台下突然間傳來一聲槍響，苗君儒循聲望去，見馬長風他們幾個人被一群荷槍實彈的士兵圍著，心中暗道：糟糕！

第七章

玄字派掌門人

劉水財和劉掌櫃面對面地站著，誰都不說話。
宋師爺說道：「劉掌門，你們兄弟好歹也見面了，
有什麼恩怨，可以另外找一個地方解決。
但尋找石王是你和我師兄朱福的畢生夙願，
現在苗教授在這裏，為什麼大家不能攜手一起，
去找到真正的石王呢？」

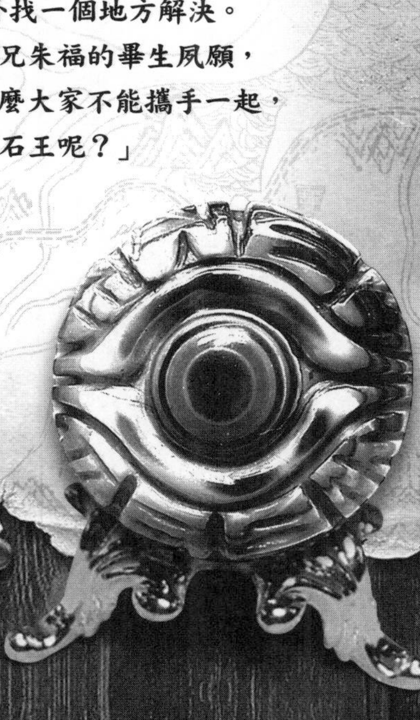

原來馬長風想要去救苗君儒，見台階口站了兩個士兵，心知無法直接上去，便轉到台後去想辦法。就在他剛走出不遠，那兩個領了余師長命令的軍官，從台上下來。其中一個軍官經過小玉身邊時，見小玉長得漂亮，伸出手去要摸她的臉，被小玉扭頭避開，那軍官不死心，乾脆去抱小玉。哪知站在小玉身邊的程大峰已怒不可抑，飛起一腿，踢向那軍官的小腹。

小腹乃是人體的重要部位，以程大峰的功夫，將那軍官踢個腸穿肚爛，也不是不可能，怎奈他心懷善念，只是要警告那軍官的無禮，並非要置人於死地，所以腳下留了情。

那軍官本是行武出身，見一個士兵居然敢踢他，當下閃到一邊，罵了一聲「反了你了」，從腰間摸出手槍，對準程大峰就要扣動扳機。但小玉往前一步，擋在程大峰的前面。

眼看小玉就要喪命在那軍官的槍下，馬長風見到那情景，來不及多想，甩手就是一槍。

事起突然，旁邊那軍官看著同伴倒下，愣了幾秒鐘後迅速反應過來，把手一招，大聲道：「把他們抓起來！」

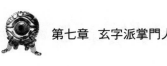

那些站在旁邊負責警戒的士兵，反應也不慢，聽到命令之後，齊刷刷地將馬長風他們幾個人圍住。

論馬長風的身手，要想殺出重圍，並非一件難事。他身上這兩把快慢機盒子槍，每把槍裏有二十發子彈，只需扣住扳機不放，四十發子彈如雨般掃出去，定可殺出一條血路。他可以走，但小玉怎麼辦呢？

台下的變數，早已經引起了台上那些人的注意，余師長身後的一個上校團長追到台邊，大聲道：「把那女的留下，其他的人全斃了！」

馬長風下意識地要反抗，卻早已經被兩個力氣很大的士兵扭住了胳膊，兩個士兵搶上前去奪他手裏的槍。

槍被奪走，就只有等死的份。從他當土匪的那天起，就沒有被別人奪走過槍。他是當老大的，要是這事傳出去，以後他還怎麼服眾，怎麼在道上混？當下，他打定主意，先撩倒身邊的幾個士兵，再挾持那個軍官，或許可以救人出去。

只要有百分之一的可能，他都願意一試。

就在他將槍管斜舉，正要不顧一切地扣動扳機時，聽到台上傳來苗君儒的聲音：「大家都不要亂來！」

卻說苗君儒聽那個團長下令只留下小玉，而要將其他人都槍斃，當下以一招詠春拳中的錯空手，搶過身邊余師長手裏的槍，頂在余師長的頭上。

劉水財驚道：「苗教授，你可別亂來！」

苗君儒說道：「劉老闆，哦不，應該叫劉參議才對，麻煩你要余師長手下的人，放我的朋友走！」

余師長慢悠悠地說道：「苗教授，你以為挾持我，就能救走你的朋友嗎？」

苗君儒說道：「沒有，我只是怕你手下的槍走火，傷了我的朋友。余師長，我們不妨來做次交易，怎麼樣？」

余師長說道：「要想和我做交易，你得有值得交易的東西。」

苗君儒放下槍，還給余師長，淡淡地說道：「因為我知道真的石王究竟在哪裏。」

劉水財和宋師爺聽了這話之後，臉上露出不可思議的神色。余師長把槍放回槍套中，朝台下揮了一下手，那些士兵自動讓開一條路。

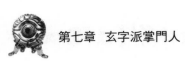

程大峰大聲道：「苗教授，要走我們一起走！」

苗君儒看著他們，說道：「放心，余師長不會為難我的，你們先走吧！」他說完後，拿起供桌上的那塊石頭，朝台下丟過去，大聲道：「接住這個！」

馬長風把手一抄，已抓住了那塊石頭，塞到衣服裏。

劉水財從衣服內拿出那把小手槍，指著苗君儒罵道：「姓苗的，真的石王沒讓我們見到，卻又讓你的人把假的拿走了！你的葫蘆裏到底賣的是什麼藥？」

苗君儒冷笑道：「劉參議，那塊石頭是人家用幾條性命換來的，現在只不過物歸原主而已，我答應余師長，幫他找到真的石王，你慌什麼？」

「我……我沒慌！」劉水財替自己辯解，眼睛卻怔怔地望著那個從台下一步步走上來的人，問道：「你沒死？」

那個人看上去有五十多歲，身上穿著的軍裝與那張有些蒼老的面孔極不協調。苗君儒覺得似乎在哪裏見過，卻又一時間想不起來，他聽劉水財那麼驚問，兩人好像認識。

那個人望著劉水財，平靜地說道：「我是沒死！」

站在台邊的那個團長想伸手去攔，眼前人影一晃，被一股奇怪的力量撞開，身體騰空而起，落到台下，砸起一層浮土。

程大峰大聲道：「劉掌櫃，你怎麼上去了？快走啊！」

苗君儒望著那個被稱為劉掌櫃的人，卻不知他是哪家店鋪的掌櫃，與劉水財又是什麼關係。

馬長風低聲道：「管不了那麼多了，快走！」

他一手拉著小玉，一手持槍，朝外面衝去。

程大峰遺憾地看了一眼苗君儒，和另外幾個人一起，跟著馬長風朝圓形拱門那邊衝去。剛過拱門沒跑多遠，只聽得「轟隆」一聲，腳下一軟，他暗叫「不好」，說時遲那時快，兩隻腳尖借力，身體向左側翻去。身體向下墜去。原來他們的腳下出現一個大坑，跟在他後面的人，來不及反應，全都掉下去了。他那一翻，正好翻到坑沿上。

他趴在坑沿，抓著小玉的手使勁往上提。從兩邊的樹叢中及拱門那邊衝出大批士兵，朝他撲來。他抬手一翻，快慢機盒子射出一陣彈雨，衝在最前面的幾個士兵頓時倒翻在地。

小玉叫道：「快放手！」

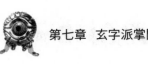

馬長風道：「我一定要救你出去！」

坑底傳來程大峰的聲音：「馬大哥，你帶著那塊石頭快走。苗教授把石頭給你，一定有他的計畫。你放心，只要我不死，就能保證姐沒事。」

「兄弟，我先謝了！」馬長風放開小玉，剛往後滾了幾滾，一排子彈就射在他剛才趴著的地方，激起一些塵土。

他抽出另一支槍，甩手又是一陣彈雨。趁著那些士兵閃避的當頭，他雙腳一縱上了牆頭。他那「馬鷂子」的外號可不是道上的人白送的，自幼就學了一身飛簷走壁的輕功，三四米高的牆，一縱就上去了。方才腳下出現大坑時，若是換了別人，只怕也像程大峰一樣掉到坑下面去了。

一口氣奔躍出數十棟房子，看看後面沒有追兵，他暗暗自喜道：「我這馬鷂子的輕功畢竟沒白練！」

心裏一動頓住身子，伏在一處大屋頂上。他擔心小玉的安全，想著那些當兵的以為他跑遠了，所以沒有人來追。不妨趁著夜色的掩護，殺一個回馬槍，回去看看情況，說不定還能把小玉救出來。

正想著，不料身邊似乎人影晃動，一個陰森森的聲音道：「把東西留下！」

馬長風扭頭一看，只見十來個鬼魅似的影子，把他團團圍住了。他抬手就要開槍，槍機裏傳出「嘎達」一聲脆響。他這才想起，槍裏的子彈，已經全部送給那些士兵了。

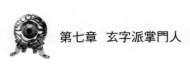

儘管他有備用彈匣，可都插在腰間。他暗暗叫苦，穩住身子，握緊了手槍，沉聲道：「在下馬鷂子，水朝哪邊流？（你們是哪條道上的？）」

正面那個貌似首領的黑影冷冷的道：「你把東西留下，我們留你一條命，否則送你見閻王！」

對不上切口（黑道暗語），就說明這不是道上的人。馬長風的心思如風輪般轉動，對方若是道上的人，報上名號之後，或許還會有轉機。可是這些不是道上的人，分明就是衝著他懷中那顆假石王來的。從他拿到石王到現在，不過才五分鐘時間，只有當時在台子周圍的軍人，才知道假石王被他拿走了，可這些人看上去不像軍人。越是這樣，就越無法猜測對方的身分，但以他的經驗判斷，眼前這些人都是高手，身手不在他之下。說不定沒等他換上彈匣，身上就已經出現幾個槍眼了。

他歎了一口氣，說道：「想不到我馬鷂子今天栽在你們的手裏，青山不改綠水長流，以後有機會再向諸位討教。」

說著，他從懷裏掏出一件東西，拋給對面說話那人，同時腳下用力，踩碎屋瓦墜入屋裏。

那人接過馬長風拋來的東西，居然冒著煙，定睛一看，是個手榴彈，見馬長風掉落屋裏，喊了一聲，急忙把手榴彈丟進馬長風掉落的大洞。

眾黑影急速散開，轟一聲巨響，飛起一陣碎瓦片，屋頂坍塌了一大片。眾黑影隨之從屋頂炸塌處落入屋裏，四下查看，原來此處是一座廟的大殿，手榴彈炸塌了屋樑，打碎了掛在屋樑上油燈，油燈落到屋角的乾草堆裏，引燃了乾草，也驚起了那些睡在廟裏的乞丐。大殿裏火光熊熊，那些黑影落下後，只看見莊嚴的佛像和幾個縮在角落裏瑟瑟發抖的乞丐，卻不見馬長風的蹤影。

「著火了！救火啊！」只聽見外面街上喊聲四起，敲鑼聲一陣緊一陣，夾雜著槍聲。

為首的黑衣人朝佛像鞠了一躬，沉聲說了一句，騰身上了屋頂，手下人也緊跟了上去。

過了片刻，馬長風從一尊佛像背後閃出來，他望著屋頂的破洞，微微皺起了眉頭，自言自語地說道：「怎麼連日本人也捲進來了？」

因為他聽出，為首那黑衣人所說的兩句話，是日本話。

且說站在台上的苗君儒聽到園林這邊傳出槍聲，大驚道：「余師長，你答應我放他們走的！」

余師長嘿嘿一笑，說道：「我是答應你放他們走，可有人不答應，我有什麼辦法？」

從台下走上來的劉掌櫃說道：「苗教授，你別以為站在這裏的，都是余師長的人。我保證，只要你能拿出真的石王，你的那些朋友一定會沒事的！劉參議，你說是吧？」

劉水財臉上的肌肉抽搐了幾下，對劉掌櫃說道：「哥，別逼我殺你！」

苗君儒微微一愣，原來劉掌櫃是劉水財的哥哥，看樣子，他們兄弟之間有很大的恩怨。劉掌櫃是與馬長風一起進來的，卻不知與馬長風他們又是什麼關係？劉掌櫃既然能夠說出那樣的話，想必知道很多事情。只要馬長風他們沒有生命危險，他便可以放下心來，如今要做的，就是靜觀其變。

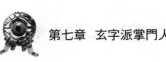

劉水財問道：「哥，你跟那個土匪頭子是什麼關係？」

劉掌櫃說道：「你別管我和他是什麼關係，你當年害我和朱大哥還不夠，想不到你現在還要逼他，今兒既然遇到了，我就替他和我自己，向你討個公道！」

劉水財說道：「他是地字派的人，關我們玄字派的什麼事？你當年和他走遍川陝，不也是要尋找那塊石王嗎？」

劉掌櫃說道：「我和他尋找石王，是想完成我們的一個夙願，而你想得到石王，是要顛覆民主，置萬民於水火之中。」

劉掌櫃轉向余師長等人，繼續說道：「他當年想得到石王，去東北找張大帥，想不到張大帥死了。後來我聽說他投靠了那個傀儡皇帝，當起了什麼大滿洲帝國的參議，你們一個個都是有血有肉的七尺男兒，都有一腔的報國之心，如今外敵當前，你們不上前線抗日，窩在這裏受他蠱惑？我們被滿人欺壓了兩百多年，難道還想被繼續欺壓嗎？他的主子現在甘願當日本人的傀儡，難道你們……」

余師長身邊的一個軍官大聲道：「夠了！姓劉的，你他媽只知道喊著要抗日，難道余師長沒有抗過日嗎？你知道像我們這樣的雜牌軍，是拿著什麼樣的武器上戰場的嗎？你知道我們看著身邊的兄弟一個個的倒下，是什麼感覺嗎？我們這麼做，也是沒有辦法的辦法，手下那麼多兄弟，每天要吃要喝要軍餉，姓蔣的一個毫子都不給，我們怎麼養活手下的弟兄？不錯，我們是願意跟劉參議合作，那是我們需要槍支彈藥，需要軍餉。識時務者為俊傑，如今投靠日本人的，又不是只有我們這支部隊，你看敵佔區的那些偽軍，有好幾百萬呢。我們只是投靠滿清皇帝，又不是日本人。不管怎麼說，滿清皇帝還是我們中國人不是？劉參議也說過，滿清皇帝也不願被日本人控制，一旦得到真石王，得到上天的眷顧，就把日本人趕出去。」

劉掌櫃冷冷道：「得到真石王又怎麼樣，那只是一個傳說，傳說並不可信。當年秦始皇得到石王，秦朝還不是被劉邦和項羽給滅了？」

劉水財說道：「秦始皇得到石王的時候，不是滅了六國嗎？秦朝被劉邦和項羽所滅，那是胡亥手裏沒有石王，項羽火燒阿房宮得到石王，所以他的勢力才變得那麼強大，可後來在鴻門宴之後，石王被項伯偷著給了劉邦，才有了漢家幾百年的天下。曹操得到石王，挾天子而令諸侯，才有了曹魏的三國歸一。司馬懿以假亂真騙走石王，才有了晉朝。哥，只要真石王到手，康得皇帝將一統天

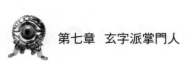

下……」

劉掌櫃說道：「那我問你，石王自唐明皇開始就失去了蹤跡，且不說宋太祖趙匡胤和明太祖朱元璋兩個皇帝，沒有石王照樣當皇帝，那蒙古的成吉思汗和大清的努爾哈赤，又是怎麼統治我們漢人天下的？」他轉向余師長他們，痛心地說道：「石王只是一個傳說，猶不可信，自古得民心者得天下，這個連三歲的孩童都懂的道理，難道你們就不明白嗎？」

余師長的臉色變得很難看，掃了一眼身邊的那些軍官，沒有說話。

一旁的宋師爺上前朝劉掌櫃拱手道：「地字派門人宋遠山見過玄字派劉掌門，劉掌門與我師兄乃是莫逆之交，不知劉掌門可知道我師兄的下落？」

劉掌櫃瞪著宋師爺，說道：「想不到你這個地字派的敗類，也在這裏。我可以告訴你，你師兄還活著，死不了。」

宋師爺說道：「去年的一天晚上，師兄和董團長一起出去的，之後董團長就沒有回來。現在余師長要我交人，我只有找到師兄，才知道董團長是死是活！」

劉掌櫃朝余師長說道：「董團長業已看破塵世，出家為僧，我是不會告訴你們下落的，余師長還是另外找人當團長吧！」

余師長哼了一聲，倒背著雙手，顛著大肚子走下台去，那些軍官一個個跟在他的身後。幾聲號令，場地上的那些士兵，自動排成幾隊，從院牆的另一道門出去了。

沒多一會兒，台下走得一個人不剩，唯有兩邊台柱上插著的火把，發出暗淡的光芒，照著台上的幾個人。

劉水財和劉掌櫃就這麼面對面地站著，誰都不說話。宋師爺站得有些不耐煩了，說道：「劉掌門，你們兄弟好歹見面了，有什麼恩怨，可以另外找一個地方解決。你剛才說過，尋找石王是你和我師兄朱福的畢生夙願，現在苗教授在這裏，為什麼大家不能攜手一起，去找到真正的石王呢？」

苗君儒說道：「就算找到了又怎麼樣？」

宋師爺說道：「雖然我們的目的不同，但誰都想見一見真正石王的風采，不是嗎？找到石王之後，誰有本事誰拿走，怎麼樣？」

劉水財終於開口了：「哥，宋師爺說得不錯，今兒不是咱們兄弟倆解決恩怨的好日子。爹生前就說過，要我們兄弟不能相殘，你若違背爹的意願，就是不孝！」

劉掌櫃說道：「現在我是掌門，要替門派清除敗類！」

劉水財笑道：「你說你是掌門，可是我不認，有本事你拿掌門信物出來給我看看？」

劉掌櫃說道：「要不是你偷走掌門信物，我們玄字派也不會弄得四分五裂。」

苗君儒上前道：「這位掌門，我有幾句話，不知該不該問？」

劉掌櫃說道：「你問吧！」

苗君儒說道：「據我所知，天玄為南派，地黃為北派，兩派之間積怨甚深，你身為玄字派掌門，為何與地字派的人有交情呢？」

劉掌櫃歎氣道：「苗教授有所不知，天玄與地黃雖積怨甚深，但並不代表兩派中每個弟子個人之間的交往。三十年前，我剛出道幫別人看風水，哪知看走了眼，喪主葬下去之後，才知道墓地上方有一石峰，犯煞，且墓地左高右低，青龍蓋過了白虎，男丁不旺。最嚴重的是，在石峰的旁邊有一山凹，與墓地前方的案山筆架連成一線，南北風對流，使這塊依山面河的福地，變成一塊死絕地。

「喪主家另選吉地重新安葬時，逼我背棺墊底，若真是那樣，我以後無法再幫別人看風水，更給師門帶來恥辱，按門規，我自斷腳筋被逐出門，終身為丐。起棺那天，恰巧朱大哥路過，見我穿著一身道士的服裝，披麻戴孝跪在墳墓前，只待幾個鄉民挖開墓穴，便要我下墓穴去背棺，他問明了原由之後，不讓喪主起棺，說是此穴乃一柱擎天的上好佳穴，一經葬入不得動土，否則將給喪主家帶來血光之災。

「喪主家不信，朱大哥拿出隨身的葬經，按上面所引，一一對照墓穴四方風水。經朱大哥這麼一解釋，我才明白，原來那塊石峰若無旁邊的山凹，便是一塊天煞石，但與山凹搭配起來，一陽一陰互補，乃天地絕配。此石峰突兀，不靠不依，若無南北對流之風，便無法形成擎天一柱之勢。風水堪輿天外有天，人外有人，尋龍看穴，全憑個人修為。若不是朱大哥相助，我一輩子就算毀了。他與我互不相識，且又分屬於兩個積怨甚深的門派，不但沒有落井下石，還幫我解圍。那份江湖道義，實在令我敬服。後來我要拜他為師，可他不答應，一來我們倆有門派之分，二來地字派不收外徒，他比我大不了幾歲，只願意結交我這個朋友。

「我們倆經常在一起，共同研究風水堪輿之術，為了他，我不惜違背門規，將本門秘傳的幾本風水奇書拿了出來，而他也將其門派的尋穴觀山諸術教給我。

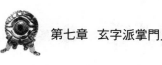

我和他兩人綜合了兩派上千年的風水堪輿精華，各自成為門派中的佼佼者。天長日久，使我們結為生死之交。」

苗君儒聽完劉掌櫃的講述，不禁由衷地感歎，縱觀泱泱中華，無論是行業還是學術，門派的紛爭一直持續不斷，若能拋開門戶之見，彼此學習各家之長，何嘗不是一種進步呢？

苗君儒看了一眼劉水財，對劉掌櫃說道：「你知不知道，你弟弟並不在東北，他的另一個身分是西安萬福齋古董行的老闆，你和他隔得這麼近，怎麼就沒有見過面呢？」

劉掌櫃冷笑了幾聲，說道：「據我所知，西安萬福齋古董行的老闆姓嚴，一個多月前，嚴老闆的家中出事，才把店鋪匆匆盤了出去。我弟弟劉水財會看風水，對於古董，他可是一竅不通的。」

苗君儒暗自大驚，那個藤老闆介紹劉水財的時候，只說是生意場上的老朋友，而劉水財也煞有其事的拿出幾件古董找他鑒定。若劉水財是一個多月前才盤下的那家古董店，那藤老闆怎麼會找到那地方落腳？藤老闆和劉水財，到底是什麼關係？藤老闆出資要他來這邊尋找楊國忠的墓葬，難道是一場早已經佈置好的

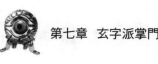

局？如此一來，藤老闆扮演的又是什麼角色呢？

劉掌櫃接著說道：「苗教授，他們把你騙來的目的，無非是要你幫他們弄假成真。朱福對我說過，誰都找不到真的石王，你又怎麼知道真石王在哪裏呢？」

苗君儒說道：「我本來想與余師長做一次交易，可他受你的那番義正言辭所悟，已經自行離去了，所以找不找得到真石王，對我來說，已經並不重要！」

宋師爺陰笑了幾聲，說道：「可是你答應我，讓我師兄現身的，我已經按你所說的去做了，你怎麼言而無信？」

苗君儒笑道：「我是答應你讓他現身，可沒說是現在。你若想知道朱福的下落，只需問劉掌門便可。對不起諸位，我告辭了！」

就在苗君儒走下台，朝院門走去的時候，見院門那邊出現一個身影，那身影踉蹌著朝他跑了過來，速度還不慢。

待那人跑近了些，苗君儒才認出，正是他的學生程大峰，此時程大峰的身上有兩處傷口，鮮血染紅了白襯衫。

程大峰撲到苗君儒的面前，氣喘吁吁地叫道：「苗教授，快去救人！」

苗君儒和程大峰快速衝過院門，只見前方的路面上出現一個深坑，在坑周圍的樹叢邊，躺著七八具屍首，是中彈而死，再遠一些的地方，有幾十具屍首，都是被利刃所殺。

程大峰喘著氣說道：「我們剛跑過院門，就掉進這個坑裏了，只有馬大哥跑了出去。那些當兵的把我們從坑內拖上來，押著我們往前走，還沒走多遠，就突然出現了十幾個穿著黑衣的人，那些人都拿著刀，身法很快。幾十個當兵的還沒反應過來，就做了刀下之鬼。我以為那些人是來救我們的，誰知道他們只抓走小玉姐，連我和劉掌櫃帶來的人都殺。我拚死才逃了！」

幾十個士兵連開槍的機會都沒有，就成了刀下之鬼，那些黑衣人的功夫確實了得。苗君儒查看了一下那些屍首的傷處，見傷口並不大，且上寬下窄，並不是利劍或大刀造成的。他從一具屍首的脖子上，拔下一枚星形暗器。他望著手裏的暗器，沉思道：「怎麼連日本人都捲進來了？」

程大峰從身上拿出一個小瓶子，往傷口撒了一些粉末，包紮好了傷口，說道：「原來是日本人？難怪我覺得他們的武術招式很怪異，用的刀又細又長，我根本沒有見過，害我白白挨了兩刀，所幸傷得不深。」

他自幼所接受的都是中國傳統武術，稍大一點就去學校讀書了，完全沒有機會接觸日本武術，更別說見過日本刀了。

苗君儒走回到大坑前，站在坑沿朝下面看了看，從坑底到坑沿，有一丈來高，坑壁光滑無比，人一旦掉下去，短時間是很難爬上來的。他之前經過這裏，腳踩在石板上時，就聽到石板下面傳來細微的空洞聲，當時以為是石板下面被老鼠掏了洞，所以並未生疑。他的眼睛望見右邊坑壁上露出來的一截木頭，微微點了點頭，自言自語地說道：「我明白了！」

程大峰聽得一頭霧水，問道：「苗教授，我們不去追那些日本人救小玉姐，在這裏看什麼？」

苗君儒說道：「日本人劫走小玉，是有目的的，在目的沒有達到之前，小玉沒有危險。我現在要做的，就是想弄清事情的真相，別糊裏糊塗的被人利用。我問你，你是怎麼跟那個姓劉的掌門人一起的？」

程大峰便把跟馬長風進城之後的事，一一說了出來。當苗君儒聽說看山倒朱福並沒有真死，而是在劉掌門的家裏養傷時，似乎想到了什麼，說道：「走，你帶我去見他！」

就在這時，身後傳來一聲槍響。

若不是那聲槍響，苗君儒都沉浸在自己對整件事的推理之中，幾乎忘記了那邊場地的木台上，還有兩個要解決恩怨的人！

當他們追到台下時，見台上沒有一個人。苗君儒一步步上去，從劉水財所站的地方撿起一支小手槍，彈匣裏還有四發子彈。

從他聽到槍聲追過來，不過十幾秒鐘的時間，那三個人怎麼會不見了的，難道他們會隱身術不成？

槍是劉水財的，他的哥哥要跟他算帳，情急之下掏出槍來，做困獸之鬥，也不是不可能。苗君儒腳下的木板並沒有血跡，想必沒有人受傷。

木台右側傳來程大峰的叫聲：「苗教授，這裏有一個洞口！」

苗君儒跳到台下，見程大峰面前的一堆樹叢下，露出一個黑乎乎的洞口來。他笑道：「我怎麼忘了，地字派的門人，除了會看風水外，都是挖地道布機關的高手，那邊的大坑，就是宋師爺的傑作。這處大戶人家的宅子，不知道被他在地下挖了多少通道，布了多少機關呢！」

他把手槍插在腰間，去台柱那邊取了兩支火把過來，對程大峰說道：「你跟我來！」

洞口並不大，剛好容一個人彎著腰進去，有台階順勢往下，苗君儒一手持著火把，一手持槍，小心走了下去。下了十幾級台階，路面平整，頭頂也高了不少，能直起腰走路。在火把的照射下，可見地上那紛亂的腳印，可想前面的人走得很匆忙。

儘管有人走過，但苗君儒還是走得很小心。無論在什麼情況下，他都保持著一份警覺，這是他多年養成的習慣。正是這種習慣，多次幫他逃脫劫難。

走了約一兩百米，往左拐去，又走了幾百米，看見一排台階往上，通道已經到頭了。洞口敞開著，並沒有東西遮掩，有月光從洞口透進來。苗君儒停住腳步，仔細聽了一會外面的動靜，才小心走了出去。

出了洞口，置身於一處小庭院中，周圍沒有一個人，只有右側的一間小屋子透出燈光來。程大峰看了看兩邊的房子，驚道：「咦，怎麼到了這裏？」

苗君儒低聲問道：「你認得這地方？」

程大峰說道：「這就是劉掌櫃帶我們來的地方，我們在那間屋子裏，還見了躺在床上的朱福。」

苗君儒來到那間透著光的屋子前，輕輕推開了門，見桌子上的油燈還亮著，裏面同樣空無一人。

程大峰說道：「他們都到哪裏去了？」

他帶著苗君儒來到旁邊那間新挖出土洞的屋子，指著那處被新土掩蓋住的洞口，接著說道：「苗教授，我們就是從這裏過去的，回來的卻不是這條通道。」

苗君儒說道：「走，去別的地方看看！」

他們分別看了其他幾間屋子，都沒見到人，連個死人都沒有。轉到堂屋，只見供桌的香爐裏，還有三支未燒盡的香。

「香燒了三分之一，是十幾分鐘前才點的！也許走得匆忙，連值錢的東西都沒帶走。」苗君儒說著，拿起那個銅香爐看了看，說道：「上等品相的宣德爐，要是放在古董店裏，最起碼能賣一萬大洋呢！」

程大峰指著正堂上面說道：「這上面還掛著一幅畫，畫裏面的人是一個手裏拿著洛陽鏟的駝背老頭。」

苗君儒一驚，問道：「你確定沒有看錯，畫上面的真的是一個手裏拿著洛陽鏟的駝背老頭？」

程大峰一本正經地說道：「是呀，我沒有看錯，劉掌櫃還朝畫像上了香呢！」

苗君儒皺眉道：「奇怪，奇怪！」

程大峰問道：「有什麼好奇怪的？」

苗君儒說道：「劉掌櫃是玄字派的掌門人，據我所知，玄字派供奉的祖師爺，是身穿蟒袍之身，手持《太平經》的天帝真人赤精子，而畫像上那個手持洛陽鏟的駝背老人，卻是地字派的祖師爺『搬山道人』。如此說來，這裏並不是劉掌櫃的家，而是地字派的堂口。你去的那條通道是新挖掘的，而我們回來的通道，則是另一條老路。如果劉掌櫃知道那條老路，為什麼又要花那麼大的力氣重新挖一條呢？」

程大峰說道：「是呀，剛才我也在想這個問題！」

苗君儒說道：「只有一種解釋，那就是這處宅子的真正主人，既不是玄字派的劉掌櫃，也不是地字派的朱福，而是朱福的師弟宋遠山宋師爺！」

程大峰問道：「宋師爺不是口口聲聲要找他的師兄嗎？難道朱福住在他家裏，他會不知道？卻要抓走小玉姐，逼他現身？」

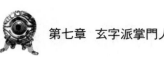

苗君儒略有所思地說道：「這就是我想知道的答案。我相信，無論多麼不可思議的事情，只要發生了，就一定有其發生的道理。」

他朝堂屋的四周看了看，接著說道：「這屋子是宋師爺住的，那一帶還有其他的密道和機關，我們找找看！」

堂屋內除了一張供桌和兩把太師椅外，並沒有其他的傢俱，苗君儒腳踩著鋪地的青磚，在堂屋內轉了一圈之後，眼睛盯著左側的那把太師椅。

第八章

天地鎮魂金

女人身上佩戴的物件，大多是玉器，也有金銀和護身符，
但黑色的金屬乃是不祥之物，沒有哪個女人願意戴。
苗君儒伸出手，小心翼翼地把那物件提了出來，
看清這東西的顏色烏黑，兩面都有奇怪的紋飾。
他的臉色頓時一變，不由自主地說道：「怎麼是她？」

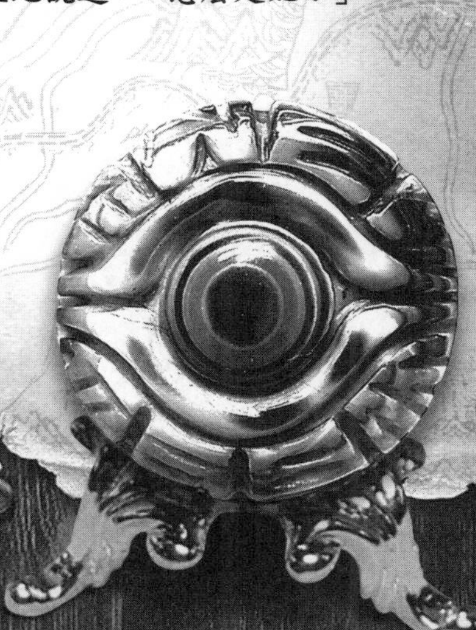

苗君儒觀察了堂屋裏的鋪地青磚之後，將目光定在左側的那把太師椅上，程大峰會意過來，搶上前去搬那太師椅，用力一搬之下，太師椅居然紋絲不動。左右用力一搖之後，只聽得一陣細響，太師椅滑向左邊，露出一個三尺見方的洞口來，有亮光透出。他定睛一看，下面是一間不大的斗室，斗室的亮光來自頂上那盞吊著的油燈，一張木梯子斜搭在牆壁上，為上下之用。

斗室裏處了一隻半人高的大箱子外，並沒有其他的東西，但是在箱子的邊上，卻蹲著一個人。

一個穿著碎花小褂子，蓬頭垢面的年輕女人。

女人扭過頭看著洞口上方出現的兩個陌生面孔，嚇得渾身發抖，口中不住地叫著：「不要……不要……」

程大峰朝下面叫道：「姑娘，我們不是壞人！」

女人站起身來，叫道：「救我……爹……救我……」

程大峰問道：「姑娘，你沒事吧？他不是你爹，是我的老師！」

苗君儒笑道：「什麼爹和老師？你要是長時間被關在這種地方，也會意識模糊的，別胡說了，趕緊下去救人吧！」

程大峰踩著梯子下到斗室內，朝那女人走過去，同時說道：「你別害怕，我是你爹的朋友，救你出去見你爹！」

當他離著女人還有兩三步遠的時候，這女人突然像獅子一樣跳起來，張開雙手緊緊地摟住他，摟得他幾乎喘不氣來。他下意識的雙手去推，哪知兩個手掌正好推在女人胸口那兩團軟綿綿的地方，當下大腦一熱，不知怎麼辦才好，紅著臉仰頭叫道：「苗教授，救我！」

苗君儒跳下斗室，轉到女人的身後，伸出手指點了對方背部的穴。

女人放開程大峰，身體一軟往地上倒去，他往前一抓，「撕拉」一聲，將女人的碎花小褂子扯開。女人癱軟在地上，露出裏面粉紅色的肚兜來。

程大峰可憐兮兮地望著苗君儒，說道：「苗教授，我不是故意的！」

兩個大男人面對一個半裸的女人，還真不知道該怎麼辦。苗君儒愣了一會兒，脫下身上的外衣，上前蓋在女人的身上。就在他俯身時，看到女人的頸部，露出半截用紅線拴著的黑色金屬物件。

女人身上佩戴的物件，大多是玉器，也有金銀和護身符，但黑色的金屬乃是不祥之物，沒有哪個女人願意戴。

苗君儒伸出手，小心翼翼地把那物件提了出來，看清這東西的顏色烏黑，形狀上寬下窄，兩面都有奇怪的紋飾，有點像鑰匙但不是金屬，而且分量較重。

突然苗君儒的臉色頓時一變，不由自主地說道：「怎麼是她？」

程大峰問道：「苗教授，你認識她嗎？」

苗君儒說道：「來，你先背她上去，我再告訴你，她是誰！」

程大峰上前背起這個女人，攀著梯子爬出斗室，找了一間有床的屋子，將她放在床上。

苗君儒打來了水，洗盡了女人臉上的灰塵，露出一張清秀俏麗的臉龐來。程大峰笑道：「想不到她長得蠻漂亮的！」

女人閉著眼睛還未醒轉，苗君儒坐在旁邊的凳子上，對程大峰說道：「你知道她脖子上掛著的東西是什麼嗎？」

程大峰苦笑道：「苗教授，我才當你的學生沒多久，你就別考我了，直接說了吧？」

苗君儒說道：「這件東西叫天地鎮魂金，乃是用上等隕石打造而成，正面和反面分別陰刻著道家的鎮魂符和驅邪符，是地字派掌門的信物……」

程大峰問道：「難道她是地字派掌門？」

苗君儒點頭道：「不錯，只要是誰擁有這塊天地鎮魂金，誰就是地字派的掌門人。本門派的信物，只有本門派的人才會知道，外人就算見到了，也不知道是什麼東西！」

程大峰笑道：「苗教授，既然你認得這東西，該不會也是地字派的人吧？」

苗君儒正色道：「其實考古工作，很多時候與地字派相同，只要認準了墓穴所在，挖起來也要省力些，沒有必要浪費那麼多人力物力。我認識這東西，是在十幾年前，當年我一次偶然的機會，認識了地字派的門人朱福，在他家住了幾天，並向他求教了一些觀山脈看走向尋墓穴的本事。他有個女兒，才七歲，名叫小玉。我沒事的時候，就逗小玉玩，有一次小玉拿出她隨身佩戴的物件，問我是什麼東西。我看了好一陣，只認出是用隕石打造而成的，年代最起碼有千年以上，但不知那物件究竟是什麼。在朱福的介紹下，我才知那物件叫天地鎮魂金，乃是地字派掌門的信物。」

程大峰驚訝地望著床上的女人，說道：「難道她才是朱福的女兒小玉？那麼，一直跟我們在一起的小玉姐，又是什麼人呢？」

苗君儒說道：「這都已經過去十幾年了，只單憑這塊天地鎮魂金，我無法斷定她到底是不是朱福的女兒小玉。如果她不是小玉，這塊天地鎮魂金為什麼會戴在她身上？再者，這棟宅子是宋師爺的，難道他會把一個不相干的女人關在這裏嗎？」

程大峰說道：「所以不管她是誰，都是一個很關鍵的人物。」

苗君儒微微點了點頭。

程大峰問道：「苗教授，現在我們怎麼辦？是尋找你的答案，還是撒手不管？依我看，還是儘快和藤老闆他們會合，離開興平這個是非之地？」

苗君儒微笑道：「這是一個被人早就精心佈置好的局，我們也別急著離開，既來之則安之。連日本人都捲進來的事情，我不可能坐視不管。」

程大峰說道：「其實我也想知道答案。這些天來，我總覺得老是被人家牽著鼻子走！苗教授，無論你想做什麼，我都跟定你了！」

苗君儒想了一下，問道：「馬長風有沒有告訴你，辦完事情之後，在什麼地方見面？」

程大峰說道：「他說了，不管在城內遇到什麼情況，只要還活著，就要在寅時趕到城外十五里的土地廟會合！」

苗君儒看了看外面的天色，說道：「我去會一會他！」

程大峰問道：「那我呢？」

苗君儒將那支手槍放在床邊，從小玉的脖子上取下那塊天地鎮魂金，說道：「你在這裏照顧她，萬一情況需要轉移地方，你只需在每處路口的拐角畫上一個星形符號就行，我會找到你的！」

程大峰問道：「要是她醒過來，怎麼辦？」

苗君儒微笑道：「如果你連她都應付不了，怎麼當我的學生？」

說完之後，他拍了拍程大峰的肩膀，轉身走了出去。

苗君儒離開那處宅子，順著街道往城門那邊走去。雖然此時已過午夜，但街上人潮如湧，一個個驚慌失措地跑來跑去，有懷裏揣著裝有全部家當，拖家帶口的男人，也有挑著兒女，扯著小腳老婆的。但更多的卻是拿著盆子和水桶的男子，往幾處起火的地方趕。

苗君儒望了幾眼那幾處起火的地方，火勢已經很大，竄上了屋頂，火光照得滿城通紅，嗶嗶剝剝的聲音，老遠都能聽到。還好風不大，倘若刮起四五級風，風助火勢，只消一夜，興平城就會全部被燒成廢墟。他並非不願去救火，只是還有更重要的事情要去做。

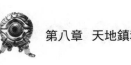

他來到城門口，見前面聚集了許多逃命的人，把整條街都堵住了，喊叫聲，哭鬧聲，亂哄哄一片。

城門下面響起了一陣槍聲。他尋思著擠不過去，便進了一條小巷子，縱身攀住屋簷，一個倒翻金龍，輕巧地上了屋頂。他站在屋頂朝城門口望去，只見城門口站著兩隊士兵，一個連長模樣的軍官，正揮舞著手裏的槍，朝人群嘶喊著。

在右邊的城牆根下，倒著幾具屍體，像是剛被槍斃的。

以他的武功若要出城，並不是一件難事。他望著那些哭號的百姓，想起民國二十七年的長沙「文夕大火」，當時因對抗日寇的進犯，當局採用焦土政策，制定了焚燒長沙的計畫，哪知火一燒起來之後，根本無法撲救，最終導致全城百分之九十以上的房屋被燒毀，三千多人喪生火海。那都是一條條無辜的生命呀！

如今興平城內起火，老百姓想出城逃難，那些當兵的竟然緊閉城門，倘若大火無法控制而快速蔓延到這邊，後果不堪設想。

他伏身在屋頂上，悄悄往城門方向潛去，想著從上至下，出其不意地控制那個連長，逼著當兵的把城門打開。

剛越過兩棟屋子，卻見前面有人影一閃。那人影幾下竄到城門邊上，饒是身法極快，可仍被守護在城門下的士兵發現，槍口齊舉，朝著屋頂亂射，子彈打得瓦片飛迸。

那人影也不是孬種，趴在屋脊上朝士兵們還擊，槍法還不錯，幾槍過後，城門口立刻倒下幾具士兵的屍體。

從另一條街上追來一隊官兵，兩挺機槍輪番朝屋脊上射擊，打得那個人影抬不起頭來。其餘的士兵則搬來梯子，從幾個方向同時爬上去。

再有本事的好漢也架不住對方人多，再拖延下去，只怕對面屋頂上的那個人凶多吉少。苗君儒下了屋頂，撕了一塊衣襟蒙住頭，藉著黑暗的掩護，偷偷來到那兩挺機槍的後面。

指揮那兩挺機槍的是一個團長，除了機槍手和填彈手外，旁邊還有幾個持槍的士兵。

一個士兵看到了苗君儒，把槍一舉，喝道：「幹什麼的？」

苗君儒答道：「城內起火，俺出城逃命呢！」

那士兵喊道：「上峰命令，城內有土匪搗亂，不得擅開城門，你沒見我們正圍剿土匪嗎？滾回去，等天亮再說。」

苗君儒往前走了兩步，可憐兮兮地說道：「老總行行好，俺老婆孩子都在那邊呢，讓俺過去吧！」

那士兵拉動了槍栓，「砰」地開了一槍，子彈打在苗君儒的腳邊，吼道：「你沒聽見我說嗎？再上前一步，老子就對著你開槍啦！」

見苗君儒還在往前走，那士兵正要瞄準，忽覺人影一晃，握槍的手腕一陣劇痛。

那個正在指揮的團長聽到背後的動靜，剛轉過身來，就看見苗君儒奪了那個士兵的槍。就在他認出苗君儒的時候，苗君儒手裏的槍已經抵在了他的頭上。

團長驚道：「苗教授，你想幫屋頂上的土匪不成？」

「原來是你！」苗君儒也認出用槍指著的這個團長，就是被劉掌櫃從台上摔下去的那個人。

團長並不害怕指著他的槍口，說道：「苗教授，你可是一個有名望有地位的人，和土匪勾結，那可是死罪！」

苗君儒說道：「我知道你們都是有血性的漢子，如今城內四處起火，你們不幫忙著滅火，還緊閉城門不讓百姓出城逃命。在你們的眼裏，是百姓的命重要，還是抓幾個土匪重要？你馬上下令開城門，手下的士兵都去幫忙救火，否則別怪我不客氣！」

苗君儒見這個團長並不妥協，於是低聲在對方耳邊繼續說道：「就算你把這幾個土匪都抓住，也得不了幾個賞錢，你看那些逃出城的百姓，有幾個是帶著全部家財的？聰明一點的，難道不知道趁火打劫的道理？你只需安排一部分士兵幫忙救火，其餘士兵該幹什麼，不需要我再教了吧？余師長手下的另外幾個團長，只怕已經想到了這招，晚去了就得不到多少便宜了！」

團長如醍醐灌頂，頓時醒悟過來，說道：「多謝苗教授指點，難怪他們都叫我負責抓土匪，自己卻帶著人去救火，原來醉翁之意不在酒呀！媽的，我讓他們給耍了！」

團長當即命令機槍停止射擊，那些爬上屋的士兵也下來。他來到城門邊，向那個連長叮囑了一番之後，帶著一部分人朝起火的地方趕過去了。那個連長命士兵打開城門，百姓自行出城，但有一條，隨身帶的東西必須全部留下。

在一陣詛咒和哭喊聲中，苗君儒便跟隨著那些無奈被迫丟下財物的百姓們，離開了城門口。

寅時初刻，天邊亮起了啟明星，離天亮不久了。

苗君儒向一個百姓問明城外十五里土地廟的方向，正要朝那邊趕去，卻被這人扯住，低聲說道：「那裏去不得！」

苗君儒問道：「怎麼去不得？」

那人打量了一下苗君儒，說道：「聽口音，你不是本地人，所以你不知道那裏的情況！」

苗君儒說道：「不就是個土地廟嗎？能有什麼情況？」

那人說道：「原先那裏叫十五里鋪，又叫馬嵬村，有幾戶人家，是一條通往武功縣的必經之地，東來西往的客商不少，十五里鋪土地廟的香火還挺旺。但是幾年前的一個晚上，住在廟邊上的兩戶人家突然之間不見了，老老少少全部不見了。再後來，連廟裏的兩個道士也不見了。縣裏派人去查，卻查不出什麼來。從那以後，就經常有人莫名其妙地死在土地廟門口，一傳十，十傳百，大家都知道那是塊凶地，剩下的那幾戶人家陸續搬走，來往的客商寧願繞道，都不敢再經過那裏，沒多久，那條路就荒廢了。」

苗君儒問道：「這馬嵬村距離貴妃墓有多遠？」

那人說道：「不遠，就在土地廟的後邊，每逢農曆三月初三，那裏有個廟會，姑娘們到廟裏上完香，就去廟後邊的貴妃墓上抓把黃土帶走，回家後與麵粉攙和，名曰『貴妃粉』，據說擦了以後可以使皮膚變白，變得更漂亮呢！哦，這位老闆，還沒問你要去那裏做什麼呢？」

苗君儒編了一個謊，說道：「我是來這邊做生意的，我侄子前天被土匪綁了票，要我今兒天亮之前去那裏領人！」

那人道：「還有的人說，大白天在廟門口看見無頭鬼了，更何況現在天還沒亮呢！去不得，去不得。」

苗君儒笑道：「沒事，我年前時候跟一個道士學過驅邪法術，不怕鬼！」

他說完後，再也不理那人，獨自一人在滿天星光的照耀下，朝馬嵬村的土地廟而去。

約莫走了七八里地，路上雜草叢生，樹木遮住了星光，顯得格外陰森，道路兩邊的樹林內鬼影幢幢，彷彿會從背後突然伸出一隻手來，偶爾從遠處傳來的夜梟啼叫，更增添了幾分恐怖感。

若是換了別人，此刻只怕嚇得魂飛魄散，連路都走不動了。

苗君儒一邊走路，一邊仔細聽著周圍的動靜。往前走了一陣，依稀看到幾間已經倒塌得不成樣子的破屋，應該就是馬嵬村了。

村中間有一根石柱，柱子上面放著一個圓圓的東西，他走近一看，居然是顆骷髏頭。他在村內轉了一圈，聽到來時的方向傳來細微的腳步聲，便藏身到一旁。

沒過一會兒，一個人影往這邊走來，經過他藏身的地方，並未停留，而是直接朝西面走去。他從藏身處閃身出來，輕手輕腳地跟在那人影後面。

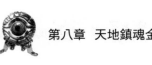

天邊微微露出一抹晨曦，苗君儒認出那個走在他前面的人，就是土匪頭子馬長風。兩人一前一後地走到村西頭，看見前面不遠處有一個古宅，走近一看發現是一個廟宇，想必就是那個所說的土地廟。

這地方都好幾年沒人來了，其他的幾間房子早已經倒塌得不成樣子，想不到土地廟仍那麼完整，更想不到的是，廟門敞開著，門前的香爐裏居然還點著三支香。苗君儒並沒有跟上前去，而是藏在一堵斷牆後面。

馬長風朝內喊了一聲：「兄弟們，我回來了！」

從廟內和兩邊的陰影裏陸續出現幾個人，其中一個人叫了一聲：「大哥！」

馬長風問道：「老三，其他人都回來沒有？」

被稱作老三的那個人說道：「我們等了這麼久，只有大哥一個人回來，大哥，城內的情況怎麼樣？」

馬長風說道：「官兵早就有了準備，其他的兄弟，恐怕都回不來了！再等一會，卯時一到，我們就走！」

老三叫道：「大哥，自從你救了那個看山倒朱福之後，說是能讓兄弟們發一筆橫財，可都幾個月過去了，不但沒有發到財，連不少兄弟們的命都丟掉。」

馬長風一聽這話，驚道：「兄弟，你說這話是什麼意思，難道不想跟我混了？」

老三說道：「正是這個意思。這些年來，兄弟幾個跟著大哥，今天到東，明天到西，也沒個真正落腳的地方，福沒享到，稍不留神命就沒了，整天提著腦袋的日子，兄弟們早就厭倦了。」

馬長風問道：「那你想怎麼樣？」

老三說道：「我和幾個兄弟們都商量過了，大家都願意有個安穩的去處。」

就在這當兒，從樹林內衝出一個人來，朝馬長風大叫道：「大哥，老三他投靠了官兵……」

一聲槍響，那個人踉蹌著倒下，馬長風一驚，飛快閃身躲在一堵斷牆後。就在這時，他發覺身邊還有一個人，定睛一看，居然是苗君儒，於是低聲道：「苗教授，你怎麼來了？」

苗君儒低聲道：「程大峰說你在城內辦完事，就會和兄弟們來這裏見面。」

馬長風問道：「他沒事吧？」

苗君儒說道：「他當然沒事，但是你有事呀！」

馬長風笑了一下，大聲問道：「老三，是羅強要你們這麼幹的？」

老三說道：「羅二哥還在山上的石屋裏等你呢，不關他的事！」

馬長風說道：「我這個當大哥的，雖沒有讓兄弟們過上多少快活的日子，可都沒有把你們當外人看，有福同享有難同當，沒有虧待過哪一個。大路朝天各走

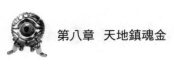

一邊，你們幾人想離我而去，我這個做大哥的，可不能不講情義，我身上還有些錢，你們拿去分了吧，也不枉你們跟我一場。」

老三冷笑道：「大哥，你身上的錢，兄弟們幾個當然想要，否則也用不著在這裏等你這麼久。還有一件事，也得跟你商量一下！」

馬長風說道：「只要我能辦到的，儘管開口！」

「既然要投奔去處，得帶一個見面禮！」老三說完之後，拍了幾下手掌，從廟內衝出二三十個穿著軍裝的士兵，和老三一起，朝馬長風藏身的地方包圍了過來。

馬長風冷冷地說道：「你要想投奔去處，我並不阻攔，沒想到你我兄弟一場，臨分手還要手足相殘！」

老三說道：「能把你活著帶去是最好，萬一帶不走活的，死的也行。姓馬的，別怪做兄弟的無情無義，人不為己天誅地滅，我也是沒辦法。」

馬長風朝苗君儒低聲說道：「苗教授，這是我們兄弟之間的事，別把你捲進來。」

苗君儒笑道：「你認為那個老三會放我走嗎？我知道你有兩支槍，給我一支！」

馬長風說道：「在城裏的時候你幫了我，我還沒謝你呢！我馬鷂子可不想欠人家太多的人情！」

苗君儒正色道：「都什麼時候了，還說這樣的話，聰明一點的，和我殺一條血路出去！」

馬長風猶豫了一下，遞給苗君儒一支手槍，說道：「在城裏拚了一陣，子彈不多了，省著點！」

兩人躲在斷牆的後面，仔細辨聽著由遠而近的腳步聲。馬長風快速探出頭去，來了幾個漂亮的點射。幾聲慘叫聲過後，腳步聲開始遲緩起來。但是對方仗著人多，槍聲一直持續不斷，子彈打在他們頭頂的牆頭上，打得粉塵撲簌簌往下落。

馬長風大聲道：「老三，你知道我的厲害，別讓你手下的兄弟白白送命！」

老三說道：「我知道你的槍法好，可再好的槍法，也不可能一下子把我們全殺了！識時務的放下槍，我會替你求情的！」

此時天色已經大亮，周圍的景物一目了然，那些士兵在火力的壓制下，逼得

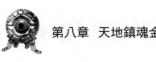

越來越近。

馬長風從腰間拿出兩顆手榴彈，指著左邊的樹林，低聲說道：「苗教授，只要能夠進到林子裏，他們就拿我們沒有法子了。」

從他們藏身處到林子邊上，至少有五十米，雖然他們倆要想在那麼多人的槍口下全身而退，有很大的難度，但是這麼僵持下去，時間拖得越長，越對他們不利，還不如趁早搏一搏。

苗君儒點了點頭，看著馬長風將兩顆手榴彈扔了出去，兩人趁著爆炸的硝煙沖起時，同時從藏身處竄了出去。

苗君儒斜提著槍，朝離得最近的那幾個士兵掃出了一梭子。由於他不願傷及無辜，因而將槍口往下壓了一些，那梭子子彈全打在那幾個士兵面前的地上。

當他跑進樹林裏的時候，馬長風也跟了進來，身後槍聲大作，子彈打得樹葉往下落，兩人在林子裏跑了一陣，看看沒有人追來，才停下來休息。

馬長風靠在樹幹上大口大口地喘氣，仰著頭哈哈地笑了一陣，才說道：「苗教授，我馬鷂子混跡江湖十幾年，以一片真心對待手下的兄弟，想不到如今卻被兄弟出賣！讓你見笑了！」

苗君儒將手裏的槍還給馬長風，問道：「那你笑什麼？」

馬長風說道：「老三是個直愣子，腦子不太好使，幹其他活還行，可打戰的這事，他辦不了！」

苗君儒說道：「我也在尋思，如果他真的要抓你，只需多派幾個人守在兩邊的樹林子裏，你想逃都逃不了！你說他腦子不好使，可我逃出來的時候，見那些衝在前面的，並不是老三的人，而是當兵的！」

馬長風問道：「你的意思是，他故意放我們走？」

苗君儒說道：「老三背叛了你是不假，但他有意放你，那也是事實！你有沒有想過，他為什麼要那麼做？」

馬長風皺起了眉頭，臉色微微變了變，說道：「走！」

苗君儒跟著馬長風在林子裏轉了幾圈，當走出林子時，卻發覺又回到了土地廟。廟門前一角沒有了一個人，除了幾灘血跡外，連屍首都被人帶走了。

馬長風說道：「他們怎麼都想不到，我還會再回來。」

他走進廟內，來到土地神的泥塑像前，鑽到供桌下面，拖出一個積滿灰塵的箱子。

苗君儒說道：「你這箱子放在這裏有好幾年了吧？」

馬長風並沒有答話，利索地打開箱子，從裏面拿出幾個壓滿子彈的彈匣和兩顆手榴彈，插到腰裏。苗君儒看清箱子裏面除了有子彈和手榴彈外，還有不少金條和珠寶玉器。最引人注目的，是一個細頸白玉瓶，還有一串用繩子串住的玉環。

馬長風隨口說道：「都是從那處墓葬裏挖出來的，還沒來得及拿出去賣！苗教授，既然你看到了，就幫忙看看，估個價，讓我心裏也有個數！」

苗君儒看著那串玉環，說道：「這東西叫玉帶，是圍在腰間的，一般由一個玉扣和九個玉環構成，這玉環的玉色純白溫潤，是上等的羊脂白玉，中間鑲金，其主人可不是一般的人物呀！有玉環必有玉扣，那玉扣呢？」

馬長風笑道：「中間的那個蟠龍玉帶扣，還有一塊白玉板，我都賣到重慶的『萬古齋』去了，之後你才來的嘛？」

苗君儒說道：「楊國忠的真正墓葬，一直以來都沒人找得到，你能擁有那兩件東西，足可證明你已經找到了他的真墓。如果墓葬已經被人盜過，等輪到你進去，能夠撿到幾片碎玉就已算很不錯了，根本不可能有這些完整的東西啊！換一種說法，如果你是第一個進去的人，裏面的寶貝，恐怕三個這麼大的箱子都裝不了。從這箱子上的灰塵來看，至少有三年沒有打開過了，而你賣到重慶的『萬古齋』的白玉朝笏和蟠龍玉帶扣，卻是一個月之前的事。你留在藤老闆那裏的那張字條上寫的是，陝西興平七里鎮楊老槐，可是興平縣上沒有一個七里鎮這地方，更沒有一個叫楊老槐的人，我帶著學生老遠到這邊來，卻被一個叫小玉的女人帶到了石屋裏。

「後來你告訴我巧遇看山倒朱福和救走小玉的事，還說朱福已經死了，是被你親手所埋。可是你和程大峰在城內的一所宅子裏，見到了活過來的朱福。而我和他同樣在那處宅子裏的秘洞內，救出了一個身上戴著天地鎮魂金的女人，那是地字派掌門的信物。我和朱福多年以前就認識，也知道他的女兒小玉，自幼身上就戴著那塊天地鎮魂金。自從我遇見你們之後，所發生的很多事情，都讓我覺得很不可思議。你所鍾情的那個小玉，究竟是不是朱福的女兒，我無法斷定，但是我肯定，你有很多事都瞞著我！」

說完這些話之後，他的眼睛如利劍一般盯著馬長風，似乎要透到對方心裏。

馬長風蓋起箱子，嘿嘿笑了幾聲，說道：「那你認為我是什麼人？」

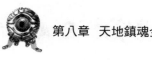

苗君儒說道：「你是什麼人並不重要，重要的是哪個人在指使你！」

馬長風問道：「那你認為是什麼人在指使我呢？」

苗君儒說道：「楊國忠墓葬裏面的寶貝，足夠讓你和子孫三代榮華富貴，可是你仍不知足。我不管你在整件事中扮演的是一個什麼角色，我只想知道，你究竟要得到什麼？」

馬長風並沒有立即回答苗君儒的問題，而是將箱子推回供桌下面重新藏好，然後起身說道：「苗教授，這個箱子除了我之外，現在就只有你一個人才知道了。」

苗君儒冷笑道：「不義之財，我可不放在眼裏。」

馬長風走到廟門口，見苗君儒沒有跟上去，轉身道：「苗教授，你不是想知道究竟是怎麼回事嗎？跟我走吧！」

兩人出了土地廟，離開馬嵬村，穿過林子，朝山上走去。爬過了幾道山嶺，來到一座長滿了青草的墳墓前。

馬長風說道：「幾個月前，我親手將看山倒朱福埋在這裏，而後才去城裏，從那個假董團長的手裏，把小玉救出來的。沒想到我昨天進城，居然見到朱福還活著。」

苗君儒說道：「宋師爺也對我說過，他們找到了這裏，可挖開之後，裏面並沒有屍體。所以他認為他師兄還活著。你確定在城內看到的那個朱福，就是你親手埋在這裏的那個人？」

馬長風想了一下，說道：「當時屋內太暗，我也沒有看仔細，反正長得差不多！」

苗君儒說道：「那還等什麼，挖開就知道了！」

兩人動手挖開墳墓，裏面除了一身帶血的衣服外，果然沒有屍體。

苗君儒蹲在墓坑內，說道：「泥土裏有屍體腐爛過的痕跡，可以肯定，你救的那個人確實是死了，但是這裏面的屍體，卻被人刻意挖走！唉！想不到一代地字派的掌門，生前挖別人的墳，死後也被別人挖。因果報應呀！」

馬長風問道：「你剛才說宋師爺挖開之後，裏面並沒有屍體，那麼，屍體是被誰挖走的呢？」

苗君儒說道：「挖走屍體的人，除了想知道埋在這裏的人是誰之外，還想得到屍體身上的地字派的掌門信物，天地鎮魂金。」

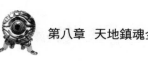

馬長風問道：「你怎麼知道他們要尋找屍體身上的掌門信物？」

苗君儒指著坑內那套已經腐爛得不成型的血衣，說道：「如果他們想得到屍體上的東西，唯一的辦法就是扒開死者的衣服。」他起身走出墓坑，問道：「你救回那個小玉之後，她來這座墳上祭拜過幾次？」

馬長風說道：「我偶爾陪她來，但次數不多！」

苗君儒說道：「據我所知，看山倒朱福年輕喪偶，和小玉相依為命。」

他並沒有說下去，而是目光深遠地看著遠方那片連綿起伏的山巒。

馬長風的臉色微微一變，沒有再說話。

苗君儒默默地將墳墓堆好，蹲在墓前自言自語地說道：「朱老兄，你放心吧，我會照顧好你的女兒！」

墳墓距離石屋沒有多遠，兩人在墳墓前站了一會兒之後，苗君儒低聲問道：「難道你不覺得那個姓羅的兄弟有很大的問題嗎？你帶人進去的那處墓穴，是宋師爺和看山倒朱福事先佈置好的，朱福知道了內幕之後，於是兄弟反目，遭到宋師爺帶人追殺。我看過墓穴周邊的地形，完全不符合唐代墓葬的規矩。以羅強在風水堪輿上的造詣，不可能那麼容易找得到！」

馬長風問道：「你懷疑羅強和宋師爺有一腿？」

苗君儒說道：「在沒有找到確鑿的證據面前，我無法肯定。只是我覺得整件事太玄乎。真正的看山倒朱福死後，你救回來的小玉是假的，董團長是假的，連你見到的那個朱福，也是假的。我不明白他們為什麼要這麼做，難道你也不想知道嗎？」

馬長風沉默了一會兒，說道：「走，找他去！」

兩人來到石屋，馬長風正要進屋，卻被苗君儒拉著往後一拖，他剛要發火，卻見苗君儒指了指橫在門口一根細線。細線的一頭拴在門框上，另一頭伸向門背後。他跨過細線，赫然見到門後綁著一捆手榴彈。那根細線，就連著手榴彈的拉弦。

要不是苗君儒那麼一拉，馬長風進屋時肯定絆上細線。手榴彈從拉弦到爆炸，只需五秒鐘。就算他的反應再快，能夠逃出屋子，但以這捆手榴彈的威力，不僅能夠炸塌這間石屋，連石屋周邊十米以內的人和動物，都難以倖免。

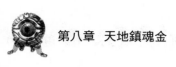

馬長風出了一陣冷汗，暗道：好險！

他小心翼翼的弄斷細線，拿了兩顆手榴彈上遞給苗君儒，其餘的都插在自己的腰間。

兩人在屋裏屋外找了一番，都沒見著羅強。

馬長風坐在椅子上罵道：「媽的，要是讓我見到他，一定不客氣。」

苗君儒問道：「你現在怎麼辦？」

馬長風說道：「我現在是孤家寡人一個，連一個兄弟都沒有了，你說我還能怎麼辦？」

苗君儒似乎想起了什麼，說道：「糟糕，我們得趕快進城，要是去晚了，只怕情況有變！」

第九章

山河乾坤地

苗君儒說道：「山河乾坤地是玄字派的前輩高人，
在替武則天佈置洛陽宮風水時領悟出來的。
道行若不夠，不但禍及宅裏的人，
還會連累自己，輕則減十年陽壽，重則喪命。
山河乾坤地是護佑女人的，保女主天下！」

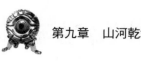

興平城內幾處著火的地方已經被撲滅，房子燒了不少，所幸沒有造成多大的人員傷亡。逃出城外的百姓，也陸續回城。

苗君儒和馬長風跟著幾個百姓進城，見城門口依然有軍隊在把守，看到有提著東西進城的人，立即上前盤查。因為昨晚從城內逃出的百姓，身上是不准帶任何包裹的。那個團長趁火打劫，借機撈了一大把。

在城門口右邊的城牆上，掛著十幾具屍體，馬長風看著那些屍體，眼睛裏幾乎要冒出火來，雙手不自覺地伸向腰間。

苗君儒忙摟住馬長風，連拖帶拉地進了城。進入一條小巷子，苗君儒說道：「草莽就是草莽，由著自己的性子辦事，這可是大白天，就在人家的眼皮子底下，連個藏身的地方都沒有。你沒看到城樓上那兩挺機槍嗎？你可以憑一時痛快幹掉幾個當兵的，可沒等你衝進城，身上就被機槍打成篩子了！」

馬長風的眼中含淚，哽咽道：「他們都是跟隨我好多年，一同出生入死的好兄弟，我心痛啊！」

苗君儒低聲道：「再心痛也要忍，君子報仇十年不晚，還怕沒有給他們報仇的機會？跟我走！」

大街上有一隊隊的官兵來來去去，偶爾攔下路人檢查。馬長風跟著苗君儒在城內的小巷子裏轉來轉去，最後來到一處宅子的門前。

苗君儒低聲道：「你和程大峰就是在這裏見到那個朱福，然後和劉掌櫃他們一起，通過一條新挖的地道到那邊去的吧？」

馬長風點了點頭，沒有說話。

苗君儒一看四周沒人，急忙推門走了進去，馬長風跟在他的身後。

進了門，就是一個長方形的小院，與普通的院子不同的是，這處院子的院門，居然是貼著西面的圍牆邊開的。而並非進門就是照壁，轉過照壁前行筆直進正屋的那種。

進去之後往右拐，看到了對面的正屋門，正屋在院子的東北角，而院門卻在院子的西南角，成對角線。院子的正中間有一棵棗樹，樹上掛著還未成熟的青棗。棗樹下有一張石桌，桌旁各有四張石凳。在靠牆角的一邊，種了不少花，有些花開得正豔。正屋門旁的牆壁上，畫著一幅道教的陰陽魚圖案。

院子的東南角有一口半月形的小池塘，池塘裏的水面上漂著浮蓮，兩條金色鯉魚在浮蓮下面游弋，帶起一圈圈的漣漪，見到有人走過去，尾巴一擺，鑽到水底不見了。在院子的西北角，卻堆著一堆一人高的土堆。

站在棗樹下，苗君儒問道：「昨天晚上我離開的時候沒有仔細看，今兒一見，讓我大開眼界呀！要不是我向一個玄字派的高人討教過住宅風水，還真看不懂呢！」

馬長風看了看，說道：「這院子的格局是有些古怪！」

苗君儒說道：「這種陰陽共濟的山河乾坤地，只有玄字派的高人才會用，除了要用符咒鎮住來自四面八方的煞氣之外，還需配合宅子裏某個人的生辰八字。如果八字不硬，或是畫符的人道行不夠，這處宅子就會陰陽逆轉變成死絕地，住在這裏面的人，一個都活不了！」

馬長風問道：「有這麼恐怖嗎？」

苗君儒不理會馬長風的問話，顧自說道：「山河乾坤地是玄字派的前輩高人，在替大周皇帝武則天佈置洛陽宮風水時領悟出來的。玄字派的後代高人中，極少有人會用，主要是擔心自己道行不夠，不但達不到目的禍及宅子裏住的人，而且會連累自己，輕則減十年陽壽，重則喪命。地字派的宋師爺應該不會布這處屋宅風水，更何況他是個男人。山河乾坤地是護佑女人的，保女主天下！」

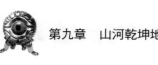

馬長風聽得一頭霧水，說道：「什麼地字派的宋師爺？昨天帶我來這裏的，分明是玄字派的那個劉掌門，他還有一個身分，是城內客來香酒樓的掌櫃。羅強要我進城找他，還教我說什麼『天地玄黃，地支蒼茫』。當時是一個姓潘的人見了我，說劉掌櫃不在，有事交代給他就行。當我們離開酒樓後，劉掌櫃扮成一個賣菜的老頭，引我們到這裏來的！」

苗君儒說道：「『天地玄黃，地支蒼茫』是玄字派的切口，這麼說，你那個姓羅的兄弟，是玄字派門下。」

馬長風說道：「我們原來尋找墓葬，都是靠他！」

苗君儒說道：「玄字派的門人以風水堪輿為主，並能修造墓室埋設機關，只有地字派的門人，才會幹盜墓的活。你那個兄弟兼著兩派的本事，我小瞧他了！」

馬長風咬牙切齒地說道：「以後見到他，我一定要他給我一個交代！」

兩人進到堂屋，苗君儒指著頭頂的那根主樑，對隨後走進來的馬長風說道：「鎮住山河乾坤地的符咒，會有畫符人的印記，一般都放在正屋的棟樑上。」

馬長風按苗君儒所指的地方，一個縱身躍到房樑上，果然從房樑上摸下來一個一尺見方的朱紅色小木盒。小木盒上有兩道交叉的黃色封條，封條上用朱砂畫了一些符。

馬長風正要打開，卻被苗君儒按住，當下愣道：「為什麼不讓我打開？」

苗君儒說道：「山河乾坤地的鎮符寶盒是那麼容易開得麼？」

馬長風會意過來，把盒子放在桌子上，找了根鐵條挑去盒子上的封條，撬開那把鎖，小心翼翼地打開了蓋子。

蓋子打開之後，奇怪的是裏面並沒有料想中的黃色鎮宅符，倒是有一塊形狀像磚頭，但顏色青灰中夾雜著紅綠且半透明的東西。

馬長風拿起那塊磚頭，放在桌子上，笑道：「苗教授，這就是你所說的什麼高人畫的符？」

苗君儒走上前，拿起這塊磚頭，仔細端詳了一會兒，才說道：「你以為這是普通的磚頭嗎？」

馬長風笑道：「難道還比黃金和玉器值錢不成？」

苗君儒說道：「在你的眼裏，也許不值幾個錢，可是在我眼裏，它並不比你放在土地廟箱子裏的玉帶遜色！」

馬長風笑道：「我忘了你是考古學教授，像你們這樣的人，連一個磚頭都要研究半天的。你倒說說看，這東西怎麼就比我那玉帶值錢？」

苗君儒說道：「這東西叫琉璃，在中國，琉璃的歷史最早可追溯到唐朝開元年間，由於那時候的工藝還不發達，所以生產出來的琉璃呈青灰色，且夾雜著紅綠兩色。這種自然凝聚成的高貴華麗、天工自拙的東西，在當時成為皇家的寵物，可不是一般的人所能擁有的。據史料記載，唐玄宗的寢宮裏，就放著各種用琉璃製造出來的東西。而開元盛世中的賢相宋璟，一生勤勤懇懇，忠君愛國，到了晚年辭官退隱的時候，也不過得到兩件唐玄宗賜給他的琉璃盞和琉璃瓶。」

馬長風說道：「可你手上拿的，既不是琉璃盞，也不是琉璃瓶，平平整整的，連一點紋飾都沒有，就是一塊磚頭呀！」

苗君儒說道：「不錯，這確實是一塊磚頭，準確地說，是一塊墓磚！」他望著馬長風，繼續說道：「用比金玉還珍貴的琉璃來做墓磚，你認為會是什麼人的墓呢？」

馬長風說道：「你說這琉璃是皇家的寵物，連宋璟那樣的人，都得不到幾件。除非是皇帝最喜歡的人……」

苗君儒微笑道：「不錯！除了皇帝最喜歡的人，誰都無法享受那麼奢華的待遇。除了楊貴妃，普天之下再也找不出第二個人。馬嵬村後面貴妃墓是座衣冠塚，羅強帶你進去的那個地方，是有人佈置出來的。只有把這塊琉璃墓磚放進盒子裏的人，才進了真正的貴妃墓。那個人會是誰呢？山河乾坤地必須要用符咒鎮住，否則屋子裏根本不能住人。他們在離開這裏的時候，將正堂上的祖師爺畫像帶走，也將這盒子裏的符咒帶走，卻放進了一塊琉璃墓磚。那個人為什麼要這麼做？」

馬長風說道：「也許那個人像你一樣，覺得這塊琉璃墓磚很珍貴，所以藏在這裏面嘍！你不是進城來找人的嗎？人呢？」

苗君儒說道：「把東西放回去，我們找人去！」

等馬長風將那盒子重新放到樑上之後，兩人離開堂屋朝後面走過去，直接走進那間屋子。正如他所料的那樣，程大峰和小玉都不見了。他和馬長風進來說話那麼久，如果程大峰在屋裏，早就應該出來了。奇怪的是，他進巷子的時候，特地看了巷子兩邊的牆角，並沒有發現程大峰留下的印記。難道程大峰和小玉都沒有離開？

既然這樣，他們究竟到哪裏去了呢？

苗君儒打量著這間不大的屋子，除了一張木桌子和兩張凳子外，就是面前這張大床了。床上的被子都已經發黑，不知道多少年沒有洗過。在大床另一邊的窗台上，放著一盞古色古香的油燈。油燈裏面還有些油，燈芯有近期燃燒過的痕跡。由此可見，這幾天內屋子裏確實住過人。

他一眼就看出那盞油燈並不是凡品，乃是唐代越窯的龍口青瓷褐彩雲紋油燈。油燈的造型古樸而莊重，除了燈嘴的高昂龍首外，周圍都有精美花紋。從瓷器的顏色上看，乃是臨安吳越國的秘色瓷。這種秘色瓷在後唐五代時期，成為宮廷的專用陶瓷，由秘色瓷製造出來的各種器皿，無論在造型還是紋理上，要顯得花俏得多。而面前的這具燈盞，從造型和紋理上判斷，實乃中唐時期的宮廷用品。在歷史上，由秘色瓷製造的貢品器皿存世不過兩三件，每一件都是稀世珍寶。而這盞中唐時期的油燈，更是稀世珍寶中的無價之寶。

就這麼樣的一件無價之寶，居然隨手放在窗台上，也不怕被人偷了去。

馬長風見苗君儒望著那盞油燈不吭聲，忍不住問道：「是不是又發現了一件什麼寶貝？」

苗君儒並沒有回答馬長風的問話，而是說道：「為什麼，他為什麼要這麼做？」

馬長風聽得稀裏糊塗的，問道：「誰要這麼做？」

苗君儒回過神來，說道：「這處宅子絕對不止一條地道，我們找找看！」

馬長風俯身看了看床底，正要說話，卻聽得外面傳來紛雜的腳步聲，還有拉動槍栓的聲音。他拔出手槍，衝出了小屋子。只見從堂屋那邊衝過來幾個穿土黃色軍裝的士兵。那士兵一看到他，立即舉起手裏的槍。

馬長風的手腳更快，槍口一抬，已經掃出去一梭子，衝在最前面的幾個士兵中彈倒地。前面的士兵倒下，後面的士兵立即頂上，一陣亂槍將他逼回到屋內。他朝屋外打了幾槍，對苗君儒說道：「苗教授，我們被包圍了！」

槍聲越來越密集，子彈將屋門都打成了篩眼。由於馬長風不斷反擊，所以外面的士兵也不敢靠得太近。

苗君儒說道：「外面的士兵未必是衝著我們來的，要是強行衝出去，只怕有個閃失。留得青山在不愁沒柴燒，先保住命要緊！」

馬長風看了一眼那個並不大的窗戶，抽出了兩顆手榴彈，低聲道：「苗教授，我在這裏頂著，你先出去！」

苗君儒搖了搖頭，指著右邊床腳上的那個星形標記，說道：「我剛才說過，這處宅子絕對不止一條地道。」他操起那張凳子，先將窗戶砸爛，接著拿起那盞油燈，鑽進了床底。

馬長風說道：「天堂有路你不走，地獄無門你偏去闖！我剛才看過了，下面黑乎乎的，什麼都沒有。我們就算不衝出去，也用不著躲進床底呀！」

苗君儒趴在床底，點燃了油燈。在燈光下，他發現床下的地面有些光滑，只有經常有人出入的地方才會這樣。他用手輕輕敲擊著地面的青磚，果然聽到下面傳來的空洞聲。當他的手按住一塊青磚的時候，只聽得一陣滑動的聲音，面前出現一條兩尺多寬，五尺多長的溝槽來，正好容一個人滾入。

他朝外面低聲喊了一句「進來」，就閉著眼睛滾了下去。

馬長風朝外面扔了兩顆手雷之後，也滾進了床底。

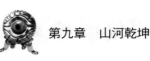

身體在空中下墜的時間並沒有超過兩秒鐘，苗君儒就感覺落在了一堆軟綿綿的東西上，他剛滾到一邊，馬長風就下來了。

細微的滑動聲音過後，從他們頭頂透下來的那點微弱亮光消失了。苗君儒在滾落的時候，儘量護住手裏的燈盞，可他忽略了燈盞裏的油。燈盞雖然沒有被摔破，但裏面的油卻灑掉了。他摸出打火機點燃，在看清馬長風的同時，也看清了那堆軟綿綿的東西，竟然是十幾具堆在一起的乾屍。

這十幾具乾屍有老有少，有男有女，大多穿著平常百姓的服飾，但是最上面的兩具男性乾屍，卻穿著青灰色的長擺道士服，頭上繫著道冠。分明是兩個道士。

馬長風從乾屍上爬起身，罵了一聲「晦氣」，朝乾屍吐了一口唾沫，可是當他看清乾屍的模樣時，臉上露出不可思議的神色。

苗君儒不失時機地問道：「你認識他們，是不是？」

馬長風失口否認道：「我怎麼會認識這些乾屍呢？」

苗君儒說道：「從屍體風乾和衣服腐爛的程度上看，這些屍體死亡的時間不超過五年，我昨晚出城趕去馬嵬村的時候，有好心人告訴我，說幾年前，廟裏的兩個道士和住在附近的兩戶人家離奇失蹤了。你從供桌下拖出的那箱子，想必放在那裏有好幾年了吧？」

馬長風正要說話，頭頂上傳來急促的腳步聲，一個聲音喊道：「他們跳窗走了，追！」

待上面的士兵離去之後，馬長風才說道：「苗教授，看來什麼事都瞞不過你！不錯，我是認識他們兩個，老的姓嚴，是廟裏的廟祝，小的是廟祝的徒弟。幾年前我帶著兄弟們剛來這邊時，就在廟裏面歇過幾個晚上。那廟祝也是見多識廣的人，和我一見如故……」

見馬長風不再往下說，苗君儒問道：「你們既然是朋友，難道他們兩個和外面兩戶人家失蹤，你都不知道嗎？」

馬長風說道：「我在那裏也是一個落腳點，不經常去，那事也是後來才聽說的！」

苗君儒見馬長風不願說真話，便不再問，而是走到那具廟祝的乾屍旁，低聲說道：「安安穩穩當你的廟祝好不好，去結識什麼土匪？一旦惹禍上身，就算不被官兵知道，追究你的通匪之罪，也會惹上無妄之災，連命都丟掉。唉，你連死都死得不明不白，死不瞑目呀！」

馬長風說道：「苗教授，你這麼說是什麼意思？好像是我害死他們一樣的！」

苗君儒說道：「你有沒有害死他們，你自己心裏清楚。既然你不願對我說真話，我就不問了！不過我可告訴你，也許你還有利用價值，否則你可能會跟他們一樣，死在一處永不見天日的地方，變成一具乾屍！」

「不可能！」馬長風說完這三個字之後，發覺自己失口，於是說道：「苗教授，我只是一個混跡江湖的土匪，腦袋擰在手裏過活的，什麼時候死都不知道，反正過一天算一天。」

苗君儒說道：「箱裏的那些寶物，你三輩子都花不完，如果我是你，會躲在一個誰都找不到的地方，建宅子置地，再買兩房媳婦，舒舒服服的過日子。而不是像現在這樣，被人攆得像兔子，隨時都沒命！」

馬長風的臉上閃現了一抹陰鬱的神色，說道：「苗教授，我何嘗不想那樣呢？只是人在江湖身不由己呀！」

苗君儒說道：「好一個身不由己，你能夠從川貴地區來到這裏，難道這萬里河山，就沒有你的藏身之處了嗎？」

馬長風從牙縫中蹦出兩個字：「沒有」。

苗君儒微微點了一下頭，他已經從馬長風的那兩個字中，意識到了事態的嚴重性。

馬長風歎了一聲，說道：「苗教授，等找到你的學生之後，你們就離開這裏。這件事本來就與你無關的。」

苗君儒說道：「不錯，這件事原本與我無關。但既然已經走到了這一步，我想退出已經不可能了。時至抗日最艱難時期，連日本忍者都捲進來的事，絕對不會那麼簡單。我是一個考古學教授，但我更是一個頂天立地的中國人！昨天晚上你在台下，劉掌櫃的那番話，相信你也聽到了吧？」

馬長風痛苦地說道：「苗教授，你就別說了！我馬鷂子也是堂堂的血性漢子，何嘗不知抗日救國的大道理？」

苗君儒說道：「行，你有你的難處，我不逼你！我只忠告你一句，無論什麼時候，你只記得你是個中國人就行，別像某些人一樣，打著曲線救國的牌子當漢奸！」

馬長風說道：「好，我答應你！我對著嚴廟祝的屍身發誓，如果我馬鷂子賣國當漢奸，叫我不得好死，死無葬身之地！」

苗君儒由衷地說道：「有你這話就行，也不枉我和你結識一場！」他望著那十幾具乾屍，接著說道：「放心吧，我不會讓你們死得不明不白的！冤有頭債有主，我會替你們討一個公道的！」

說完後，他從嚴廟祝的身上撕下那塊沾了燈油的衣服，扯了右腿骨，紮成一個火把！

馬長風說道：「苗教授，死人為大，你這麼對死人不敬，恐怕不好吧？」

苗君儒笑道：「人之一死，魂魄離身，剩下的只不過是一具軀殼罷了！我已經答應他們，替他們討回一個公道，如今我只借他那無用的軀殼一用，他若在天有靈，也不會怪我的！」

點燃了火把，斗室裏立刻亮堂起來。苗君儒看清這斗室的四壁，像堂屋下面的那間一樣，都是用青磚砌成，所不同的是，那間斗室用來囚人，出入只有一條通道，而這間斗室卻有左右兩條通道，不知通往何處。

他看了看腳下的地面，見左邊的地面上，有嶄新走過的痕跡，而且靠近地面的牆角邊緣，有一個星形的標記。便朝馬長風揮了揮手，往左邊而去。

通道高約一米五，需得低頭彎腰才能走，每隔十來米，牆壁上便有一個小凹洞，凹洞裏放著一盞油燈，但是這種燈盞卻不是什麼古董，外面的街市上一角錢一個。

前行不到三十米，一具屍體擋住他們的去路。這個人是被人扭斷了脖子而死的，屍體還沒完全僵硬。從手法上看，應該是程大峰的傑作。苗君儒在經過屍體身邊的時候，聞到屍體身上一股異於常人的味道。

苗君儒抓起屍體的右手看了看，撕開死者身上的衣服，見死者的右胸口，有一個八卦形的印記，點點頭說道：「手掌虎口的繭皮大而厚，是長期用刀而成的，身上一股油煙味，證明他是個廚師。只有玄字派門人，胸口才有這個陰陽太極印記。」

馬長風說道：「他是劉掌櫃的人？」

苗君儒起身繼續前行，每隔三十到五十米，就有一條分岔路。想不到這處宅子下面，居然藏著這麼大的工程。他不敢朝別的岔道去，只照著程大峰留下的印記走。

大約過了七八個岔道口，他們順著台階往上走，走上第三級台階的時候，感覺台階微微動了一下，還以為是踩中了什麼機關，正要往後閃避，誰知台階的上方發出細微的聲響，一塊石板自動移開，露出一個口子來。

上去後，石板又自動合上。他們發覺置身於一間極為狹窄的小屋內，小房間內四壁都是木板牆，連個門都沒有。倒是左邊的木板上有兩個小洞，透進來亮光。

馬長風用手摸著四壁，正在尋找出口，這時，從外面一個蒼老的聲音傳來：

「上香！」

興平城裏的老人都知道，城北的老城隍廟，是最嚇人的地方。

老城隍廟旁邊有一條河溝，老一輩人說，當年蒙古人打過來的時候，把全城的老百姓都趕到這邊，大大小小一個不留地全殺了。屍體填滿了這條河溝，鮮血順著河水，一直流到渭水，染紅了大半個江面。後來有幾個道士經過這裏，挖了幾個大坑，從河裏把屍體撈出來全埋了。但是河水從此一邊暗紅一邊清澈，變成了陰陽河。

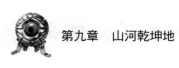

明代修建老城隍廟的時候，還挖起了不少白骨，據說還有兩具沒有腐爛的少女屍體。老城隍廟修了起來，可沒有人敢進去住，大半夜可以聽到男男女女的哭聲，那哭聲真叫一個慘呀！

大白天的，有人看見許多無頭鬼在城隍廟進進出出的。

城隍廟一建起來就荒廢，成了陰森恐怖之地。明清兩朝官府秋後處決犯人，也都是拉到這裏砍頭的。

前面的陰魂不散，後面又加厲鬼。戾氣那麼重的地方，哪裏還有人敢到這裏來？奇怪的是，城隍廟歷經幾百年的風風雨雨，居然沒有倒塌。

光緒年間，有一位高人來到興平，說城隍廟的陰氣太重，壓制了城內的陽氣。當年的那些冤死鬼要尋找替身，不出十年，恐怕又會遭到屠城的災難，大大小小一個都逃不過。那時正在鬧義和團，洋鬼子也打進來了，到處都人心惶惶，聽說要全城遭難，誰還不信呀？紛紛拖著一家老小往城外逃。

可那個高人說，城隍廟位於城北，北面屬陰，本就是彙集陰氣的地方。但興平城東西兩邊地勢險要，乃藏龍臥虎之地，加之南面的渭水，水乃財氣。若是大家出資修建一座七層鎮妖塔，鎮住城隍廟的陰氣，可保全城無恙。於是，有錢的

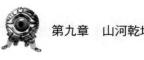

出錢，沒錢的出力，一座八面佛像的七層鎮妖塔，立在了老城隍廟的陰陽河邊上。

雖說有鎮妖塔鎮住了陰氣，厲鬼不敢跑出來嚇人，可仍沒有人敢來這裏。那個高人離開的時候，留下幾句話，說是七層鎮妖塔只能暫時鎮住陰氣，如果有那麼一天，廟前兩塊石碑上出現血紅色的人形，就是災難到來之時。屆時需要選一個陰年陰月陰時出生的少女，以少女的血塗抹在石碑上，待人形消失之後，可保全城無恙！

幾年前，苗君儒去甘肅考古，路經興平時，聽了關於老城隍廟的傳說，還特地去了那個地方。三伏天走到廟門口，也覺得寒氣逼人，不由得令人起一身雞皮疙瘩。

他也覺得這座城隍廟有些怪異，不像別的城隍廟一樣，門前是兩座石獅，也不是翁仲神像或石鼓，而是兩塊沒有任何紋飾，也沒有底座的石碑，就那麼立著，一半埋在土下。就如乾陵的那塊無字碑一樣，留給世人太多的謎團。

只是由於當時行程匆忙，他沒來得及對城隍廟做進一步的考察，就離開了興平。不過，這座充滿著神秘的城隍廟，一直留在他的腦海中，始終都抹不去。

當他聽到那句蒼老的聲音時，內心一驚，覺得這聲音有些熟悉，似乎在哪裏聽到過。他貼著小洞往外看去，只見外面香煙繚繞，依稀看清對面是一尊泥胎神像，有幾個人背對著他，在朝神像鞠躬。神像面前的供桌上，赫然擺放著一男一女兩顆血糊糊的人頭。只可惜由於距離太遠，看不清人頭長得什麼樣！

饒是如此，他的心還是猛地一沉。那兩顆人頭，會不會就是程大峰和那個真小玉？他們兩人從這裏逃出去，被那些人撞上，遭了人家的毒手？

馬長風似乎摸到什麼機關，輕輕一晃，在距離地面兩尺高的地方，拿下了一塊木板，露出一個小洞口。洞口並不大，剛好容一個人爬出去。

馬長風爬出去之後，不小心弄出了聲音，聽到幾個聲音叫出來：「有人！」幾聲槍響，聽到有人逃出去的聲音。苗君儒爬出去後，看見了對面的幾尊一人高的泥塑像，回身看時，原來自己是從一處夾牆中出來的。那小門與牆壁連為一體，若不是從裏面出來，根本無法察覺那裏面竟還有一間小房間。

他側身躲在一尊泥胎神像的後面，看到了門外左側那座方方正正的石碑，心道：怎麼到了這裏？

馬長風手持雙槍，躲在供桌的旁邊，回頭看了一眼苗君儒，露出一種很古怪的神色。

苗君儒快步來到供桌前，看清了那兩顆人頭的樣子，才放下心來！在供桌上方的泥塑神像胸前，掛著一幅畫，畫像上那個手持洛陽鏟的駝背老人，正是地字派的祖師爺搬山道人。他不禁心道：地字派雖是以盜墓為主的江湖邪派，但也不至於邪到用人頭來祭拜祖師爺的地步。這兩顆被砍下來當祭品的人頭，會是什麼人呢？

馬長風微笑道：「放心，不是你的學生！」

苗君儒想起方才馬長風露出的奇怪表情，於是說道：「你認識他們，是不是？」

外面沒有人敢衝進來，那個蒼老的聲音說道：「別以為你們不出來，我就奈何不了你們！來人，放火燒！把裏面的人連城隍廟一起給燒了！」

就在苗君儒思考著怎麼辦的時候，聽到身後傳來細微的聲音：「苗教授，是我！」

他扭頭一看，見程大峰從一尊神像後面閃身出來。他見程大峰身後並沒有跟著那個被他打量的小玉，便問道：「她呢？」

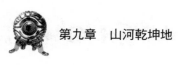

程大峰說道：「我也不知道，在地道下面的時候，她是跟在我後面的，可是走到第四個拐彎的時候，就發現她不見了！」

以程大峰的功夫，怎麼連身邊不見了一個人，都沒有察覺呢？如果不是小玉的武功太高，那就是程大峰說謊。

苗君儒正要說話，卻聽到外面傳來一個男人的聲音：「苗教授，我知道你在裏面，出來吧！到時候真的放火，你們可就沒有退路了呀！」

這聲音卻是宋師爺的，苗君儒大聲道：「宋師爺，跟你一起的兩個人到哪裏去了？」

宋師爺說道：「苗教授，有話就出來問，放心吧，我們不會傷害你的！我要是真想殺你，也等不到現在了！」

苗君儒示意程大峰和馬長風暫且躲好，他一個人緩慢走了出去。

時近黃昏，夕陽西下，天邊那片火燒雲，將大地鋪上了一層奇妙的紅色，也使那些站在廟門口的人，臉上浮現出一抹詭異的潮紅。

台階下面的人並不多，除了宋師爺和那幾個朝神像鞠躬的人之外，還有十幾個背著槍的士兵。苗君儒想起他在地道下面時聽到的那個蒼老的聲音，仔細看了那些人一眼，卻沒有發現一個超過六十歲的老人，當下心道：難道自己聽錯了？

宋師爺說道：「苗教授，你可真的是無處不在呀！」

苗君儒問道：「你怎麼知道我在裏面？」

宋師爺乾笑了幾聲，說道：「整個興平城都是我的天下，別以為你跟馬鷂子混在人群裏進城，我就不知道。我猜你們肯定會去兩個地方，第一就是那家客來香酒樓，其次嘛，應該是我的那處老宅子。後來我聽說有幾個士兵在我那處老宅子裏被人打死了，我就肯定是你們。我的那處宅子下面的密道，只有一條活道通向這裏，其他的都是死道。以你苗教授的本事，不可能找不到的，對吧？」

苗君儒說道：「宋師爺，既然那處宅子是你的，可是你是男人，山河乾坤地是護佑女人的。」

宋師爺笑道：「能夠知道山河乾坤地的，除了玄字派和地字派的幾位高人外，我看就只有你苗教授了。你說得不錯，山河乾坤地是護佑女人的，男人能掌天下，難道女人就不行嗎？」

苗君儒暗驚，以宋師爺的年紀，就算有個女兒，也不過二十來歲，區區一個二十來歲女人，能有那份雄心嗎？如若不是，宋師爺背後的女人，會是什麼人？

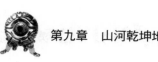

而那蒼老的聲音，卻又是什麼人呢？

他想了片刻，說道：「有本事的女人，當然能夠雄霸天下。唐朝的武則天和大清朝的慈禧太后，都是女人中的英豪！」

宋師爺笑道：「你知道就好！苗教授，我想知道，你在這件事中，究竟扮演的是什麼角色？」

苗君儒也笑道：「我不是戲子，不會演戲，只是一個考古學者。宋師爺，我以為你投靠了滿清帝國的康得皇帝，誰知道另有主人。我也很想知道，你在這件事中，扮演的又是一個什麼角色呢？」

宋師爺嘿嘿笑了幾聲，說道：「苗教授，我們沒必要這麼繞彎子，我給你兩條路選擇，一條路是幫我們，另一條路是死在這裏。」

苗君儒問道：「有沒有第三條路可以選？」

宋師爺得意地說道：「如果有第三條路，我都願意選！」

苗君儒往下走了幾級台階，好讓躲在裏面的馬長風能看清外面的情況，他沉聲說道：「宋師爺，我就算要幫你們，也應該讓我幫得明明白白，你說是吧？」

宋師爺說道：「有些事你不需要知道，只要按我所說的去做就行！我知道馬鴿子就躲在你的身後，要他把那塊假石王交出來，我可以放他一馬！」

苗君儒笑道：「一塊假石王，難道你還有別的用途不成？」

「石王雖然是假的，但也是人間罕見之物，是我師兄弄到手的，就算他死了，那也是我們地字派的東西！」宋師爺招了一下手，那些士兵齊刷刷把槍口對準了苗君儒。

苗君儒從衣服內拿出天地鎮魂金，大聲道：「你們看清楚，我手裏拿的是什麼？天地鎮魂金在手，我就是地字派的掌門人！」

天地鎮魂金在夕陽的照耀下發出萬道金光，令人不敢直視。宋師爺呆呆地望著苗君儒，說道：「你是怎麼得到我們掌門人信物的？」

苗君儒收起天地鎮魂金，說道：「你應該知道我和看山倒朱福是什麼樣的交情？兩年前，他寫信給我，說地字派門人已經走入了魔道，他無能為力，擔心掌門信物落到某些人的手裏，於是連信一起寄給了我。他在信裏說，如果他遭遇了什麼不測，我就代替他掌管地字派。」

宋師爺大聲道：「兄弟們，別聽他胡說！你不是地字派的人，我師兄怎麼可能把掌門信物交給他呢？一定是他串通了馬鴿子害死了師兄，拿走了掌門信

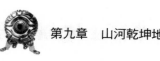

物！」

幾個黑衣人義憤填膺地喊道：「殺了他，拿他的人頭祭拜掌門人！」

兩顆冒煙的手榴彈從廟內飛出，落到人群裏。馬長風從裏面衝出來，身後跟著程大峰，他提著雙槍，橫著掃出去一梭子，朝苗君儒喊道：「苗教授，跟他們囉嗦什麼，衝出去再說！」

苗君儒也不願意和宋師爺囉嗦，正如他說的那樣，他只不過想知道，宋師爺究竟在為什麼人賣命！

趁著手榴彈的爆炸聲，苗君儒和程大峰跟著馬長風朝城隍廟的左邊跑去。那裏有幾棟沒有人住的老房子，只要穿過老房子那倒塌的土牆，就到了陰陽河邊。陰陽河上有一座明代修的石橋，是唯一可以逃走的路。

醒悟過來的士兵在宋師爺的喊叫聲中開槍了，子彈打在他們腳邊的石板地上，激起一些石屑，但不能阻擋他們的步伐。

三個人好不容易穿過老房子，來到陰陽河旁邊的石橋，剛跑上橋頭，就見一個坐在橋欄上的人站起身來，擋住了他們的去路。

第十章

翠花樓的頭牌姑娘

苗君儒暗驚，這妓院裏姑娘們的名字，
一般都是花名，比如玉蘭、牡丹、香蓮之類。
也有人名，諸如賽西施、賽貂蟬等。
這頭牌姑娘取一個叫賽孟德的男人名字，
那是什麼意思呢？

就如城隍廟一樣，這座陰陽河上的石橋，自修起來之後，幾乎都沒有人走，橋上石縫間都長出了齊膝高的雜草。當初修這座橋的時候，說是便於陰魂來往，並不是給人走的。

所以，出現在橋上的人，肯定不是一般的人，更何況是在這種時刻。

橋上的那個人蒙著面，一雙犀利的眼神，透出逼人的寒光。他就站在橋中間，正好擋住苗君儒他們三個人的去路。

在他的身後，還有六個一字排開的，穿著黑衣的蒙面人。是馬長風和程大峰都見過的日本忍者。

馬長風朝那個人舉起的手槍，手指一扣之下，槍擊裏傳來「咔嗒」一聲。原來他在城隍廟的時候，一梭子將兩支槍裏的子彈全掃了出去。

他換子彈的時間不超過三秒鐘，可是眼下他不敢亂動，因為他看到對面那個蒙面人手裏的槍。只需看到對方那冰冷的眼神，他就知道，還沒等他換上子彈，從對方槍口飛出的子彈，肯定穿過了他的腦袋。

在江湖上混了這麼多年，唯一學會的就是如何保命。

不單是馬長風，連苗君儒和程大峰也看出來了，站在他們前面的是一個勁敵。當他朝後面望了一眼時，卻沒有看到宋師爺和那些士兵的影子。

程大峰低聲說道：「馬大哥，就是他們抓走小玉姐的！」

蒙面人的聲音很低沉：「那女人在我們手裏，拿你們身上的東西來換人！」

苗君儒用日語問道：「你是日本人？」

蒙面人說道：「苗教授，上川先生要我向你問好！」

苗君儒大驚，他當年在日本留學，雖然時間比較短暫，但認識了不少日本玄學界和考古學的名宿，上川壽明是日本最有名望的玄學大師，對他這個來自中國的後生小輩非常器重，他尊上川壽明為老師，兩人經常探討一些玄學上的問題。「九一八事變」之後，他便不再與日本友人聯繫。（苗君儒與上川壽明再見面的故事，詳見拙作《帝胄龍脈》）

上川壽明對中國的玄學頗有研究，對中國古代那些傳說中的古物，充滿了無限嚮往，有一次談及失蹤的傳國玉璽和萬古神石等物，無不扼腕哀歎。自日軍侵華以來，四處挖墳盜墓，不惜手段地搜羅掠奪古物。所幸幾所大學裏的珍藏之物與故宮珍寶，已經隨大軍南遷至昆明，才使得那些中華瑰寶，沒有落入外夷的手中。以上川壽明的性格，在這侵華的大好時機裏，怎麼可能甘於袖手旁觀，不尋找心慕已久的寶物呢？若連上川壽明都捲了進來，這件事恐怕越來越麻煩了。但興平乃是國統區，比不得敵佔區。上川壽明要想在這裏動手腳，並非輕易就能得逞。

想到這裏，他問道：「上川先生也來了麼？」

蒙面人並沒有回答苗君儒的問題，而是說道：「上川先生說你文武兼備，是一個難得的奇才，有時間的話，我想領教一下！」

馬長風伸手探進衣內，蒙面人似乎看出了他的心思，說道：「這可不是在房頂上，你弄個炸彈來糊弄我！不想死的話，乖乖把東西拿出來！」

馬長風說道：「那麼珍貴的東西，我怎麼可能放在身上呢？你要是不信的話，叫一個人過來搜一下我的身，就知道了！」

蒙面人說道：「我相信你。明天傍晚，我們在這裏，你拿東西來換人！否則，我們就殺了那個女的！」

苗君儒說道：「這可不能你說了算，我們換個地方，明天中午，在客來香酒樓，怎麼樣？」

蒙面人猶豫了片刻，點了點頭。

他們三人在那蒙面人的注視下，離開了石橋，走進陰陽河對面的樹林中。走在前面的馬長風換上了子彈，突然轉身，槍口對著苗君儒，說道：「苗教授，把你身上的天地鎮魂金給我！」

苗君儒看著黑洞洞的槍口，說道：「那是地字派的掌門信物，你用來做什麼？」

馬長風說道：「你不要管，反正我有用。苗教授，別逼我開槍！」

程大峰愣愣地看著馬長風，說道：「馬大哥，你怎麼能這樣？」

馬長風正要說話，覺得一陣風拂過臉頰，手腕一痛，拿在手裏的槍落到地上。可他的反應並不慢，當即上前一步，五指成爪，朝苗君儒當胸一把抓下。以他的身手，一般人絕難躲避，不料竟然一抓落空，他大吃一驚，當下不敢怠慢，閃身退到一旁，說道：「那個蒙面的日本人說你文武兼備，我還不相信，今兒總算見識到了！」

苗君儒將地上的槍踢到一旁，說道：「告訴我，那兩顆人頭是誰？」

馬長風往後退了兩步，靠在樹上說道：「那男的我不熟，但那女的，是城內翠花樓的老闆娘！」

像馬長風那種混跡江湖的土匪，經常出入煙花之地，認識城內翠花樓的老闆娘，不足為奇。江湖上三流九教的人當中，最能察言觀色揣摩別人心思的，除了天字派與黃字派的算命先生外，就屬妓院的老闆娘和官府裏的師爺了。作為妓院的老闆娘，不但在黑白兩道都有靠山，而且八面玲瓏，不會輕易得罪人。就這樣的一個人，怎麼會成為地字派的祭品呢？

苗君儒想了一下，對馬長風說道：「我想回城去一趟，明天中午我們在客來香酒樓見面。如果你真的想要天地鎮魂金，我會給你，但不是現在！」

程大峰說道：「苗教授，我跟你一起去！」

他跟在苗君儒的身後，邊走邊回頭看馬長風，以防他撿起槍來，從身後偷襲，卻見他撿起槍之後，直接竄進樹林中不見了。

興平城的翠花樓就坐落在大街的十字路口，很大的一塊牌子，來往的客商都看得到，在二樓的窗口，站著花枝招展的姑娘們，不斷朝街上的男人拋著媚眼。

興平城內的人都知道，翠花樓的姑娘們來自米脂，都說米脂的婆娘綏德的漢，這米脂的婆娘就是與眾不同，那嬌美的面容，挺拔苗條的身材，加上那細滑如玉的肌膚，饞得人直流口水。隨便一走，那身子就如風擺楊柳一般婀娜多姿，能夠迷死整條街的男人。

翠花樓是個消金窩，沒有百把個大洋，休想在翠花樓瀟灑一晚。只要你有錢，往那一坐，你就是大爺，姑娘們伺候大爺，那是暑天裏吃冰西瓜，兩個字：「舒坦」。

事實上，翠花樓不僅僅是個妓院，還是一處各種資訊交匯的場所。在這裏，錢能通神，有錢就能買到想要的東西。

苗君儒在去翠花樓之前，將身上的那個龍口青瓷褐彩雲紋油燈盞，拿到城裏的當鋪，當了兩千大洋。

當他們來到翠花樓時，正是花燈初上時分。門口有幾個打扮得花枝招展的女人，正在賣力的拉客。

進了門，只見大廳放著幾張桌子，桌子上擺著酒菜，每張桌子旁都坐著一男一女，正交杯換盞，等酒勁一上頭，就摟著上樓辦事。還有幾對癡漢怨女，則在角落裏說著悄悄話，纏綿得不亦樂乎。

一個臉上抹滿了脂粉的中年女人迎上前來：「兩位老闆是從外地來的吧？」以苗君儒和程大峰的這身打扮，只要不是傻子，都看出不是本地人。他微笑了一下，沒有說話。

中年女人笑道：「兩位老闆一定是頭一次來，要不我給你們介紹兩個？我們這裏的姑娘，個頂個的漂亮，包兩位老闆滿意！」

苗君儒說道：「我們是來找人的！」

中年女人笑道：「呦，兩位老闆可真愛說笑話，找人找到這來了。我們這裏恐怕沒有你要找的人！」

苗君儒說道：「我找你們的老闆娘！」

中年女人臉上的肌肉抽搐了一下，問道：「莫非你跟我們老闆娘熟？」

苗君儒說道：「想跟你們老闆娘談筆生意，是樁大買賣！」

中年女人說道：「你可來得不巧，她今兒不在這裏！」

苗君儒問道：「她不在這裏，去哪兒了？」

中年女人說道：「我也不太清楚，聽說昨兒出去了，一直沒有回來！」

苗君儒問道：「老闆娘不在，這裏誰管事？」

中年女人說道：「是賽孟德，她可是我們這裏的頭牌，不見外客的！」

苗君儒暗驚，據他所知，這妓院裏姑娘們的名字，一般是花名，比如玉蘭、牡丹、香蓮之類的。也有人名，諸如賽西施、賽貂蟬等。但不管怎麼說，這名字還都是女性化的，不可能是男人的名字。這頭牌姑娘與眾不同，取一個叫賽孟德的名字，那是什麼意思呢？歷史上叫孟德的名人，當屬三國時的曹操曹孟德。曹操為人生性多疑，但膽識過人，為一代梟雄！當下打定主意，要會一會這個女人，究竟是什麼樣的人物，能夠配得上賽孟德這三個字。

他拿出那張兩千大洋的銀行本票出來，淡淡地說道：「我只見她一面，沒有別的意思！」

花兩千大洋只為了見一面，這麼出手闊綽的客人，誰會不喜歡呢？中年女人怔怔地看了他一眼，說道：「你先等會兒，我進去通報一聲！」

那個女人進去後沒多一會兒，一個滿身橫肉的胖男人來到苗君儒的面前，冷冷地說道：「兩位請跟我來！」

那人並沒有領他們上樓，而是走進樓梯旁邊的一扇小門，進了小門，走過一道迴廊，就是後院。後院並不大，但佈置得很精緻，每一處花卉盆栽、池塘亭榭，都恰到好處，令人賞心悅目。他們沿著池塘邊的一條石子路，走進一個拱門。

苗君儒還沒來得及看清面前的景色，拱門就在他的身後「吱呀」一聲關了，幾個手拿棍棒的壯漢，朝他們倆圍了上來！

苗君儒叫道：「我是來找你們老闆娘的，可有個女人說她出去了一直沒有回來，我只好找你們這管事的說話。你們這是什麼意思？」

胖男人說道：「我們老闆娘昨天出去後，到現在還沒有回來。包括你們在內，已經是第三撥人在找她了。這些天興平城內來了不少人，我們這也不平靜。趁我們沒有動手，你們老實說吧，你們是幹什麼的，找我們老闆娘做什麼？」

苗君儒看了左右一眼，說道：「我們只不過是路過這裏的生意人，上次我來興平，和你們老闆娘談了一筆買賣，這一次回來，我是來兌現諾言的！」

胖男人說道：「你別蒙我，我們老闆娘是什麼樣的人，我還不知道嗎？你說你和她談了一筆買賣，怎麼連我都不知道，而且我也沒有見過你！」

苗君儒說道：「我和她並不是在這裏談的，在一個朋友那裏！」

胖男人冷笑道：「興平城裏大大小小的老闆，沒有幾個我不認識，你倒說說看，你的朋友是誰！」

苗君儒說道：「我為什麼要讓你知道？」

胖男人揮手道：「動手！」

不等那幾個男人動手，程大峰已經動手了。這些男人雖然一個個高大強壯，嚇唬一般人還湊合，但在他倆的面前動手起手來，只有挨揍的份。

一分鐘的時間都不到，那些男人全都被打趴在地上，痛苦地呻吟著。苗君儒掐住為首那胖男人的脖子，低聲問道：「昨天是誰把你們老闆娘叫去的？」

傳來一陣掌聲，苗君儒扭頭一看，見不遠處站著兩個女人，其中一個就是不久前說是進去通報的中年婦女。而另一個女人，看上去二十來歲的樣子，穿著一身真絲的繡花短褂，高挽著髮髻，那兩條清秀的柳眉下面，是一雙勾魂的媚眼。

苗君儒放開那男人，問道：「你就是這裏管事的賽孟德？」

賽孟德點了點頭，輕啟朱唇，聲音如夜鶯般動聽：「敢問老闆貴姓？」

苗君儒拱手道：「免貴姓李！」

賽孟德指著旁邊那棟兩層的雕簷小樓，說道：「煩請李老闆賞個臉，進我屋裏喝杯茶如何？」

苗君儒笑道：「你不說我還差點忘了，走了那麼遠的路，確實有點口渴！那就多謝你了！」

那幾個男人爬起身忍著痛退去，苗君儒和程大峰跟隨賽孟德進了小樓後，並未在樓下停留，而是直接上了樓。

這樓上的裝飾，與下面大不同。一排雕花的仕女玉石屏風隔開內外兩間，屏風上造型各異卻又栩栩如生的仕女，乃紅樓夢中的金陵十二釵。中間擺著一張圓形雕花小桌，桌子上放著茶盤。靠窗那邊有衣架和兩盆玉蘭花，樓梯旁的柱子上懸著兩把寶劍。左邊的牆壁上，掛著幾幅名人書畫，右邊則掛著一張虎皮。整體格局顯得典雅而不失大氣。

苗君儒朝其中的兩幅書畫望了一眼，認出其中一幅是鄭板橋的清溪圖。鄭板橋為「揚州八怪」之首，其詩、書、畫世稱「三絕」，一生畫竹最多，次則蘭、石，但也畫松畫菊，是清代比較有代表性的文人畫家。蘭葉之妙以焦墨揮毫，藉草書中之中豎，長撇運之，多不亂，少不疏，脫盡時習，秀勁絕倫。

另一幅畫上的兩隻螃蟹，舉螯側足之間，宛若在池塘間尋食，竟與真蟹一般無異。其畫筆墨雄渾滋潤，色彩濃豔明快，造型簡練生動，意境淳厚樸實。乃是出自書畫大師齊白石之手。

一個女人的閨房，竟暗藏著男人的魄力與膽識。

賽孟德坐在桌子旁，指著剛沏好的茶，說道：「苗教授，請坐！」

苗君儒一愣，問道：「你怎麼知道我姓苗？」

賽孟德喝了一口茶，說道：「一般人來到我的樓上，不是盯著那扇玉石屏風，就是掛在那裏的虎皮，沒幾個會附庸風雅。你一進來之後，對其他東西只掃過一眼，卻看著這兩幅畫，還點了點頭。幾天前我就聽說興平城來了不少外人，有一個姓苗，還是什麼考古學的教授。既然是考古學的教授，對書畫的辨認，肯定異於常人。剛才我見你那樣，身邊的那個年輕人，又是一副學生的打扮，所以斗膽猜測，沒想到還真被我猜中了！」

苗君儒坐了下來，笑道：「想不到你的消息蠻靈通的。」

賽孟德說道：「我們這裏本來就是一個消息靈通的場所。」

苗君儒微微一笑，沒有再說話，從進來到現在只不過幾分鐘，他對面前這個女人還知之甚少，可自己的底細，卻被對方摸得一清二楚。

賽孟德說道：「告訴我，你為什麼來這裏找老闆娘？」

苗君儒說道：「我想知道，她昨天是……」

賽孟德用一個手勢打斷了苗君儒的話，說道：「告訴我，她是不是已經死了？」

苗君儒發覺自進來之後，主動權都掌握在這個女人的手裏，自己就像一個年幼的孩子，被大人們牽著走。他喝了一口茶，微微閉上眼睛，說道：「好茶！連空氣中都有一股沁人的茶香，加上你身上的香粉氣，幾乎遮住了原來殘留的一股煙味。我想知道，你抽煙嗎？」

當他睜開眼睛的時候，見到賽孟德眼中閃過的一絲詫異與驚慌，於是接著說道：「我錯了，你是這裏的頭牌姑娘，房間裏有男人的煙味，是很正常的。」

賽孟德說道：「苗教授，你今兒是願意在這裏住下呢，還是去別的地方？」

苗君儒說道：「我的那兩千大洋，已經給了你身邊的那位，現在身上沒有了半個毫子！」

賽孟德笑道：「兩千大洋，夠你們倆在這兒住上十天半個月的，要不我找兩個姑娘陪陪你們？」

苗君儒起身道：「在外面奔波的人，習慣風霜露宿，能夠有一處地方讓我們樓身，就已經相當感謝了，至於姑娘嘛，那倒不必！」

賽孟德對身邊的那婦女說道：「帶他們去偏房住下，告訴馬二，不要去打擾他們，他們想要什麼，儘量滿足！」

苗君儒隨那中年婦女走到樓梯口，轉身說道：「忘了告訴你，她確實死了！」

當他走下樓梯的時候，聽到身後的聲音：「我也告訴你，是宋師爺請她去的。昨兒我就知道，她這一去非死不可！」

那中年婦女將苗君儒和程大峰領到翠花樓的客房，指著房間內的兩張床，說道：「你們就在這裏住下，等會我讓人給你們送些酒菜過來！晚上最好不要亂走，出了事我可不負責！」

這女人走了之後，程大峰躺在床上，說道：「一兩個月了，都沒有好好睡上一覺！」

苗君儒笑道：「你今天晚上可以好好睡一覺了！」

程大峰翻過身趴在床上，說道：「苗教授，我覺得那個女人很不簡單，你說宋師爺背後的人，會不會就是她呢？聽她那口氣，分明知道老闆娘就是被宋師爺殺掉的。」

苗君儒說道：「你有沒有想過？她為什麼要那麼做？」

程大峰笑道：「這還不簡單嗎？她想當老闆娘唄！妓院可是無本萬利的大買賣，誰不想賺錢啊？」

苗君儒說道：「如果真是這麼簡單就好了！她是一個很有心計的女人，她要想除掉老闆娘取而代之，有很多種方法。據我所知，地字派用人頭祭祀祖師爺，那是三百年前的事了，祭祀的人頭只有兩種，一種是地字派內的叛逆，另一種是地字派的仇敵。以妓院老闆娘那樣的人，又怎麼可能得罪宋師爺，惹下殺身之禍？難道老闆娘是地字派的叛逆？」

房門敲了兩下，有一個漢子端了盤子進來，放在桌子上。盤子裏有兩碟菜，兩盅酒，還有四個大饃饃。

程大峰起身走到桌邊，拿起饃饃就吃。兩個人喝過酒，吃過饃饃，往床上一躺。可兩邊客房裏傳來的銷魂聲音，使他們怎麼睡都睡不著。

苗君儒靜靜地躺著，思索著這些天來發生的事情，想從中摸出點頭緒來。約莫到了子夜，喧鬧聲逐漸消失，苗君儒才有了點睡意，剛要入睡，就聽到程大峰叫了聲「苗教授」。

苗君儒本要答應，可一想到程大峰回答小玉不見了的時候，那有些閃爍的眼神，就覺得這小子有意在瞞他。當下不但沒有答應，反而發出輕微的呼嚕聲。

他聽到程大峰又叫了一聲，過了一會兒，程大峰輕手輕腳的下床，並沒有打開門，而是從早就打開的窗戶飛躍了出去。

當他追出去的時候，只見淒冷的月光下，對面的牆頭有人影一閃，心道：這小子的功夫還不賴！

令他感到奇怪的是，若是離開翠花樓去別的地方，只需從客房旁邊的圍牆出去即可，而那人影是朝後院的牆頭翻過去的，莫非程大峰覺得賽孟德此人實在不簡單，有必要夜探一番不成？

他來到牆根下，正要縱身上去，卻聽到「吱呀」一聲，院門打開了，從裏面出來兩個人，走在前面的正是那個被他掐住脖子的胖男人，走在後面的，卻是那個中年婦女。

那中年婦女低聲對胖男人說道：「馬二，這段時間可不平靜，你叫外面的夥計都機靈著點！」

「我知道了，娟姐！」被稱作馬二的胖男人接著說道：「今天傍晚來找老闆娘的那兩個人，估計也不是什麼好東西，依我看，在酒裏下點藥，蒙翻後直接裝進麻袋沉入陰陽河，管他是什麼教授。」

娟姐說道：「她覺得那兩個人還有用，再說了，我們只管辦事，可別像老闆娘那樣惹禍上身，臨死都不知道怎麼死的！你快去快回，郭大爺還等著呢！」

苗君儒暗暗吃驚，想不到捲進這件事的人越來越多了。興平城內人稱郭大爺的，除了郭士達，還能是誰呢？

說起郭士達，不僅僅在興平，就是整個陝西，都是赫赫有名的人物。此人原來是前清的秀才，家境殷實，辛亥革命之前留洋日本，據說跟不少民國的頭面人物都是同學。辛亥革命革命的時候，他在興平拉起了一支隊伍，響應南方革命黨人的號召，推翻滿清帝制，建立共和民主國家。

民國成立後，為陝西省國民議會的議長。袁世凱竊國時，他和許多人一樣流亡國外。袁世凱死後，他回到老家，照樣當他的議長。軍閥混戰時，他又拉起隊伍，配合南方的北伐軍，但很快被馮玉祥打敗，關進了監獄，兩年後經朋友營救出獄。時任第十七路總指揮、西北軍領袖的楊虎城，想將他招為幕僚，可他堅持不就。西安事變時，他跑到楊虎城的住處，跪在地上請求釋放蔣介石。後蔣介石平安回到南京，封他為陝西省主席，可他卻將委任狀當眾燒掉，仍回到興平老家過著平靜的生活。由於他經常出資修橋鋪路，救助百姓，所以當地人又稱他為郭大善人。

上次來興平時，苗君儒曾經受邀，去郭士達的家裏鑒定過兩件出土文物，因而與郭士達有過一面之緣。他覺得此人表面上生性豪爽，實則為人機警，頗有城府。雖深藏家中，卻與官家有著千絲萬縷的聯繫。這興平城內，有一半以上的生意，都是郭家的。都說郭大善人只要輕輕跺一跺腳，整個興平城都會抖三抖。

這賽孟德和郭士達到底是什麼關係？有事為什麼不能白天去辦，而要三更半夜找人去呢？

待馬二離去，娟姐把院門關上後，他正要尾隨馬二追上去，卻見左側的牆頭上又出現一個人影，便閃身到一棵樹下躲了起來。

那人影來到院門前，輕聲敲了敲門。苗君儒借著月光，看清那個來的人，竟然是馬長風。娟姐把門打開後，看見了馬長風，說道：「你怎麼現在才來？」

馬長風說道：「沒辦法，辦了兩件事，所以拖到現在。有沒有一個五十歲左右，姓苗的男人帶著一個二十來歲的學生來這裏……」

娟姐說道：「傍晚來的，說是找老闆娘，被安排在客房休息呢！」

馬長風說道：「此人很精明，你們可得防著點。」

娟姐說道：「進去說話吧，都等著你呢！」

馬長風跟著娟姐進去，院門重新關上。苗君儒不急於進去，而是細細品味著馬長風說過的話。以馬長風的本事，完全可以直接翻牆進去，到小樓前再敲門，沒必要多此一舉。除非有別的原因。

他本可像程大峰一樣翻牆進去，但他思索之後，決定還是去敲門。

門打開之後，娟姐乍一看到苗君儒，那驚恐的表情不亞於見到鬼，可惜她還沒發出聲音，就被苗君儒點了穴道。

苗君儒將娟姐放倒在院門旁邊的樹叢下，低聲在她耳邊說道：「老實回答我，否則我把你殺了！」

娟姐驚恐地點頭。

苗君儒問道：「馬二去哪裏？」

娟姐低聲道：「郭……郭大爺要他去前面拿幾罈好酒！」

還以為馬二去找什麼關鍵的人物，原來只是替姓郭的拿酒。苗君儒接著問道：「馬鷂子和你們是什麼關係？」

娟姐低聲道：「他不是正道上的人，來去飛簷走壁，一身功夫非常了得，他……」

娟姐的話還沒有說完，就聽到敲門聲，外面傳來馬二的聲音：「娟姐開門，我回來了！」

苗君儒輕聲打開門，一把將馬二扯了進來，只見馬二的手裏果然提著兩罈酒。他點了馬二的穴道，將馬二放在娟姐的身邊。提起那兩罈酒，朝小樓走去。

當他來到小樓前時，見門開著，樓上有燈光。上了樓梯，見三個人坐在桌邊喝酒，除了賽孟德外，還有郭士達和馬長風。

馬長風一見到苗君儒，臉色有些異樣，倒是郭士達起身笑道：「這麼晚了，想不到苗教授還有如此雅興，來陪我們喝一杯！」

苗君儒笑道：「一個是妓院的頭牌姑娘，一個是浪跡江湖的土匪頭子，還有你這個省議會議長出身的當地仕紳。是啊，都這麼晚了，你們三個人坐在一起，可不是為了喝酒那麼簡單吧？」

郭士達撚著那幾根稀疏的鬍子，微笑道：「既然來了，有話就請坐下說！」

苗君儒把酒罈放在桌子上，拍開封泥，給自己倒了一大碗，一口乾了，沉聲說道：「好酒！」

賽孟德淡淡地說道：「我們這裏都是好酒！」

苗君儒笑道：「酒是好酒，可人卻不是好人！」

郭士達說道：「你不應該進來的！」

苗君儒笑道：「其實我不應該來陝西，但是沒有辦法，有人用一塊白玉朝笏和一個蟠龍玉帶扣，把我引過來了！」

說完之後，他望著馬長風。

郭士達問道：「他告訴了你多少？」

苗君儒笑道：「他可什麼都不願意告訴我。」

郭士達問道：「那你想不想知道呢？」

苗君儒又給自己倒了一碗酒，笑道：「作為考古學者，我不想知道，可是作為中國人，我必須知道！郭先生曾經是民國的棟樑，追隨孫中山先生宣導三民主義，不可能不知道這個道理吧？」

郭士達臉上的肌肉抽搐了一下，問道：「那你想知道什麼？」

苗君儒吃了幾口菜，問道：「無論我問什麼，你們都對我說實話？」

郭士達說道：「只要是知道的，一定知無不言！」

苗君儒拍了一下桌子，說道：「好！你告訴我，宋師爺為什麼要用那兩個人祭祖？」

郭士達說道：「那是人家的事情，我可管不著！」不愧是老奸巨猾的傢伙，一句話就把苗君儒的這個問題打發了。

苗君儒接著問道：「那你們三個人是什麼關係？」

賽孟德微笑道：「他們倆個都是我的客人！」

苗君儒問道：「什麼樣的客人？」

賽孟德的眼睛瞟了一眼馬長風，說道：「我是翠花樓的頭牌，你認為他們是什麼樣的客人呢？」

苗君儒笑道：「翠花樓的頭牌，一夜的風流，恐怕不少於一仟大洋吧？」

賽孟德說道：「那得看人而定，我看得上的，也許一個子也不用，看不上

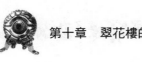

的，十萬大洋都別想碰我！」

苗君儒知道無論怎麼問，都問不出什麼結果來，他端起酒碗，朝對面的三個人說道：「我明白了，你們三位慢慢聊，在下告辭。哦，馬鷂子，別忘了明兒中午的事。日本人那邊，還等著你拿東西去換人的！」

喝完酒，他放下碗轉身要走，卻聽到賽孟德問道：「跟你一起的那個孩子呢？」

苗君儒笑道：「你認為他在哪裏，他就在哪裏嘍！」

賽孟德見苗君儒已經走下樓梯，仍說道：「你是聰明人，知道該怎麼做！」

苗君儒已經走下了樓梯，頭都未回地說道：「多謝你提醒！」

他來到院門邊，替馬二和娟姐解開了穴道，冷冷地說道：「別想著怎麼害人。害人害多了，遲早要遭報應的。你們老闆娘就是很好的例子！」

他回到客房，剛跳進窗，就見程大峰坐在床上，也沒點燈！

程大峰問道：「苗教授，你去哪裏了？」

苗君儒說道：「睡不著，到院子裏走了走！」

程大峰說道：「苗教授，我有一件事要告訴你，賽孟德是一年前來翠花樓的，沒多久翠花樓的老闆娘就失蹤了，賽孟德既是頭牌，又是這裏的管事。」

苗君儒問道：「是誰告訴你的？」

程大峰說道：「人家不讓我說，叫我們防著馬鷂子，說這個人不可靠！」

苗君儒微微皺了一下眉頭，似乎已經猜到程大峰晚上出去見過什麼人了，因為他早就懷疑程大峰和真小玉分開，是兩人已經商量好的。宋師爺說過，從那處宅子到城隍廟，只有一條通道，其他的都是死道。在地字派佈置了機關的地方，若沒有真小玉的指點，以程大峰的本事，是不可能安然無恙地走到城隍廟的。如果程大峰是出去見了小玉，那個翻牆進後院的人影，又會是誰呢？他想了一下，說道：「她沒向你要天地鎮魂金？」

程大峰見瞞不過苗君儒，只得說道：「她說宋師爺把她關在那裏，就是逼她爹交出天地鎮魂金。她知道你和她爹的關係，說天地鎮魂金在你的手裏，要比在她身上安全得多。」

苗君儒接著問道：「你有沒有告訴她，她爹已經死了的消息？」

程大峰搖了搖頭，說道：「我怕她傷心，沒敢說。只說你見過她爹，是她爹要我們來救她的！」

苗君儒繼續問道：「她為什麼沒有跟你在一起？」

程大峰說道：「她說她要去找一個人，不讓我跟著去。在地道裏的時候，我按著她交給我的法子，到了那廟裏，見那裏有很多人，還有宋師爺，於是我就躲在一邊沒敢現身，沒想到後來你和馬大哥也來了！她約今天晚上去客來香酒樓旁邊的一條巷子裏見面。我告訴她我們住在翠花樓，她就說了那些話！哦，我忘了告訴你，客來香酒樓已經燒了，燒得只剩下幾根柱子。」

昨兒晚上城內是有幾處起火，他和馬長風混進城的時候，還聽人說燒了不少地方，想不到客來香酒樓都已經燒了，若是如此，明天中午馬長風去哪裏拿東西換人呢？想到這裏，苗君儒正要說話，卻傳來細微的敲門聲。

請續看《搜神異寶錄》4貴妃真墓

搜神異寶錄 之3 萬古神石

作者：婺源霸刀
發行人：陳曉林
出版所：風雲時代出版股份有限公司
地址：10576台北市民生東路五段178號7樓之3
電話：(02) 2756-0949
傳真：(02) 2765-3799
執行主編：劉宇青
美術設計：許惠芳
行銷企劃：邱琮傑、張慧卿、林安莉
業務總監：張瑋鳳

初版日期：2017年8月
初版二刷：2017年8月20日
版權授權：吳學華
ISBN ：978-986-352-466-3
風雲書網：http://www.eastbooks.com.tw
官方部落格：http://eastbooks.pixnet.net/blog
Facebook：http://www.facebook.com/h7560949
E-mail：h7560949@ms15.hinet.net
劃撥帳號：12043291
戶名：風雲時代出版股份有限公司

風雲發行所：33373桃園市龜山區公西村2鄰復興街304巷96號
電話：(03) 318-1378
傳真：(03) 318-1378
法律顧問：永然法律事務所 李永然律師
北辰著作權事務所 蕭雄淋律師

行政院新聞局局版台業字第3595號 營利事業統一編號22759935

定價：280元 特惠價：199 元

國家圖書館出版品預行編目資料

搜神異寶錄／婺源霸刀 著. -- 初版. -- 臺北市：
風雲時代，2017.06- 冊；公分

ISBN 978-986-352-466-3（第3冊；平裝）

857.7 106006481